아이샤
꾸리

〔일러두기〕
- 이 책의 주인공인 '나'는 글쓴이의 이모인 조남표 씨입니다.
- 아랍어로 된 지명과 인명, 여러 고유명사 등은 외래어 표기법에 준하여 표기하는 것을 원칙으로 했습니다.

신 의 땅 으 로 떠 난 여 인

장미란 지음

아이샤
꾸리

21세기북스

다시 사막으로

오후 4시쯤, 사우디아라비아로 들어가는 에미레이트 항공기^{Emirate}가 담맘의 '킹 파드 공항^{King Fahd Airport}'에 착륙하기 위해 속도를 낮추고 저공 비행 중이다. 스튜어디스의 안내 목소리를 듣고 창문의 블라인드를 올리면서 다른 손으로는 가방 속의 선글라스를 찾는다.

익숙해질 만큼 익숙해졌지만 그래도 긴 비행 끝에 갑자기 쏟아져 들어오는 사막의 햇살은 늘 만만치가 않다. 하지만 늦은 오후라서 그런지 햇살은 의외로 순했다. 쓰려고 꺼낸 선글라스를 손에 든 채로 창밖을 내다보니 마치 해무 낀 바다처럼 풍경이 뽀얗게 부풀고 있었다.

불평 없이 오래 기다려 준 사람이 있다면 저런 눈빛일까. 하늘과 사막이 조용히 만나는 모습이 새삼스레 아름다웠다. 문득, 죽어 한 줌만큼 가벼워지면 저 풍경 속으로 스며들어 어느 모래 언덕의 한쪽에 누워도 좋겠구나, 싶었다.

문득, 사우디 왕실에서 지내던 때가 떠올랐다. 새로운 경험을 하고, 특별한 사람들을 만난 소중한 시간이었지만 20대였던 내게 결코 쉬운 시절은 아니었다. 그 시절의 사막은 더러, 막막하게 버티고 있는 후회의 대상이 되기도 했다. 하지만 지금 나는 다른 사막을 느낀다. 같은 사막인데도 한때는 끝이 안 보이는 막막함이더니 지금은 목숨 이후의 시간을 기대고 싶은 평안이 되기도 한다는 건, 삶이란 다 살아내지 않고는 해독할 수 없는 암호를 곳곳에 숨겨 놓고 있다는 뜻일 테다. 마치 어딘가에 우물을 숨겨 놓고도 메마른 바람을 일으키는 사막처럼.

서울을 떠나기 전에 통화한 사우디 현지 파트너인 '자베르'는 새로운 소식을 전해 주었다.

"아이샤! 이번에 사우디 도착하면 시간 좀 빼서 함께 프린스 압둘아지즈를 찾아가자!"

"갑자기 왕자를 왜 찾아가자는 거야?"

"아직 소식 못 들었지? 일주일쯤 전에 왕자가 드디어 결혼을 했어!"

"그래? 반가운 소식이네. 킹 파드가 살아계셨으면 무척 좋아하셨을 텐데……."

"그러니까 축하인사 하러 찾아가서 킹 파드 얘기도 좀 하고 그러자고."

"새삼스럽게 돌아가신 왕 얘기는 왜 해?"

"이런…… 너 사업하는 사람 맞아? 좋은 날이면 돌아가신 아버지가 유난히 생각날 텐데 가서 축하하며 옛일을 회상하면 아마도 선물을 두둑하게 줄 거야. 너도 알잖아. 프린스 압둘아지즈와 퀸 조하라가 왕의 재산을 다 물려받은 거. 킹 파드의 재력은 세계 랭킹 5위였다고!"

"됐네! 그냥 인사하러 가볼까 잠깐 생각했는데 네 얘기 듣고 나니

가지 말아야겠어. 사람이 치사하게 말이야…….”

“하하하! 내가 너 이렇게 나올 줄 알면서도 한번 해본 소리야. 어련 하시겠어.”

그러고 보니 왕실에 있을 때도 사람들은 왕자가 결혼하기를 무척 기다렸다. 경사스러운 일이기도 했지만 좋은 일이 있을 때마다 꽤 넉넉하게 보너스가 나왔기 때문이다. 왕자의 결혼이라면 두말할 것도 없이 가장 기쁜 일이고, 보너스 또한 가장 많을 거라는 것이 모두의 짐작이었다.

1971년생이니까 프린스 압둘아지즈의 결혼은 중동에서 꽤 늦은 편이다. 내가 사우디 왕실에서 왕자를 처음 보았을 때, 그는 남달리 걸음이 빠른 소년이었다. 프린스 압둘아지즈는 킹 파드와 그가 유난히 아끼고 총애했던 마지막 부인인 ‘퀸 조하라’ 사이에서 태어난 외아들이다. 다른 부인에게서 난 총 여섯 명의 아들과 딸들 중에 막내라서 그런지 왕의 사랑이 각별했다.

내가 사우디 왕실에 있을 때도 왕자는 따로 거처하는 왕궁이 있었고, 밤에만 본궁에 들어와 잤기 때문에 왕실의 직원들도 얼굴 보기가 쉽지 않았다. 그 후로도 일반에 거의 공개되지 않았다.

왕은 ‘아주지Azouzi’란 애칭으로 불렸던 막내아들을 무척 사랑해서 자신의 요트에도 그의 이름을 붙였다. 걸프전의 상황이 심각해서 왕실을 지하 벙커로 옮겨 50여 일 동안 지낼 때도 왕자는 다른 곳으로 피신시켰다. 그래서 나도 6년 동안 왕자를 본 게 몇 번 되지 않는다.

그렇게 왕실에서 일하는 사람들조차도 얼굴 보기가 힘들었던 왕자를 한국에 돌아온 후인 2004년에 텔레비전에서 보았다. 뇌졸중으로 쓰러져 스위스 휴양지에 머물고 있던 킹 파드의 휠체어를 밀어주는 모습이었다. 그리고 다음 해에 왕이 돌아가셨을 때, 아버지의 시신이 든 관을 어깨에 올린 모습을 다시 보았다.

왕자의 결혼 소식을 들으니 새삼스럽게 옛일들이 앞뒤 없이 떠올랐다. 내가 선택한 곳이고 흔치 않은 경험으로 많은 삶의 의미들을 고쳐쓰면서도 시간이 지날수록 갇혔다는, 혹은 중요한 것을 잃고 있다는 강박관념에서 자유로울 수가 없던 시절이었다. 그럴 때마다 나는 습관처럼 버뮤다 삼각지대를 떠올리곤 했다. 실종된 후 찾지 못한 많은 것들을 숨기고 있는 버뮤다 삼각지대……. 그러니까 말하자면 그 시절은 불투명한 불안으로 지어진 20대와, 진공 상태 같은 사우디 왕실에서의 6년과, 그리움으로 낡아가는 고향이라는 세 지점으로 이루어진 버뮤다 삼각지대였다.

하지만 이젠 까마득하게 멀어졌다고 생각한 그때가 지금 다시 내 인생의 주변으로 모여들고 있다. 어느 날 갑자기, 그때의 시간과 사람들이 다시 나를 찾아와 아직 돌려주지 못한 것이 남았다며 내 삶의 궤도를 수정하게 했다.

지금도 일 때문에 이 땅에 오면 사용하는 이름이지만 한때 내게는 '아이샤'로만 불리며 살았던 시절이 있었다. 1986년부터 1992년까지, 아무도 내 원래의 이름을 알고 있거나 불러 주는 사람이 없는 곳에서 6년 동안 '아이샤'로 살았다. 그리고 돌아와서는 자주 그 시절을 그리워했지만 그보다 더 자주 나는 버뮤다 삼각지대를 생각했다. 그곳에 남겨 둔 각진 삼각형의 시간 속으로 내 20대는 실종되었다고 믿었고, 실종된 것은 잊힌 것이 아니라 잃어버린 것이라고 여겼다.

하지만 이젠 안다. 다 지나갔다고 해서 잃은 건 아니라는 것을. 결코 아무 의미도 없이 흘러간 시간이란 없다는 것을. 내 삶의 버뮤다 삼각 지대에는 결코 잃어버릴 수 없는 것들이 침몰했고, 바닥에 닿은 그것들은 스스로의 부력으로 다시 떠올라 내 삶의 다른 에너지가 되었다는 것을. 그리고 그것이 인생이 숨겨 놓은 비밀이라는 것도 나는 알아챈다, 이제는.

차례

남표

"딱, 요만~한 거라도 달고 나왔으면 얼마나 좋았을꼬."

아버지가 손가락 끝을 아주 조금 짚으면서 평소에 자주 하던 말씀을 또 하시자 햇아가를 보러 오셨던 큰댁 어른들은 크게 웃으셨다. 하지만 웃음 끝에 묻은 서운함을 아예 감추진 못하셨다. 아가는 여섯 번째 딸이었다. 아니, 엄밀하게 따지면 열 번째다. 살아남은 자식은 여섯이지만 엄마가 낳았던 자식은 열 명이었고 모두 딸이었다고 한다. 외모도 고우셨지만 마음 씀씀이나 살림 솜씨나 어디 한 곳 나무랄 데가 없었던 엄마는 평생 아들을 못 낳았다는 아쉬움을 가슴 밑바닥에 서늘하게 눕혀 두고 사셨다.

내가 다섯 번째 딸로 태어났을 때 부모님은 내게 '남표'라는 이름을 주셨다. 정확하게는 가족처럼 지내던 원실 아저씨가 지어준 이름이었다. 하지만 나는 끝내 이름값을 못하고 여동생을 보았다. 또다시 딸을 낳았다는 소식을 들은 원실 아저씨는 한동안 나를 남표가 아닌 '낭패'로 불렀다. 엄마는 한 번도 우리 딸들에게 그 섭섭함을 내놓거나 우리가 눈치 보게 하신 적은 없었지만, 지금도 더러 생각나는 어떤 일을 떠올리며 평생 놓지 못하셨을 아들에 대한 엄마의 간절함을 가늠해보곤 한다.

그 일이 있었던 것은 막내가 태어나기 1년쯤 전으로 내가 막 초등학생이 되었을 때다. 아버지가 아들을 원하는 마음을 포기하지 못하자 보다 못한 친구 분들이 마침 적당한 사람이 있으니까 여자를 들이라고 하셨다. 하지만 워낙 금실이 좋은 부부셨던 아버지는 말도 안 되는 소리라고 오히려 역정을 내셨는데, 이 말을 전해 들은 엄마가 아버지 몰래 그 여자를 찾아갔다.

결혼식도 못 올리고 살던 남편이 광산에서 죽은 후, 어린 아들과 지내고 있는 여자였는데 엄마가 사정을 말하자 순순히 따라나섰다. 그러면서 다른 것은 필요 없고 간소하게라도 혼례를 치러 달라고 했다. 그래서 엄마는 밤새 흰 절편으로 봉황의 모양을 내고 붉은 대추로 눈을 박아 넣은 '용떡'을 만드셔서 다음 날 뒤란에 초례청을 차리셨다. 그리고 동네 사람들을 불러 떡과 국수를 나누며 제법 잔치 분위기까지 냈다.

그런데 신방을 차린 후에도 아버지가 그 방에 들지 않아서 엄마는 늘 잔소리를 하며 일부러 밤 마실을 가시기도 했다. 그래도 들어온 여자가 성격이 무던하고 부지런해서 부엌일을 도맡아 해 주니 엄마는 밭일만 하면 돼서 몸이 한결 편해졌다며 속없는 사람처럼 자주 웃으셨다.

그러던 어느 날, 엄마의 재촉을 못 이기셨는지 아버지가 그 여자와 합방하셨다. 엄마는 섭섭한 마음을 감추고 이제 아들만 기다리면 되겠다며 안도의 숨을 쉬셨다. 그런데 그제야 문득, 생리가 끊어진 지 한참이 되었다는 걸 깨달았다. 엄마는 자신이 이젠 정말 아이를 가질 수 없는 사람이 되었다는 게 우울하면서도 그나마 때맞춰 여자를 들인 게 참 다행이라 여겼다. 그런데 며칠 뒤부터 속이 불편했다. 입덧이었다.

그래도 그 여자를 돌려보내기엔 마음이 편치 않고, 더구나 배 속의 아이가 아들이란 보장도 없으니 아버지가 아무리 내보내자 하셔도 그냥 한집에서 같이 살았다. 그러던 어느 날, 마침 장날이라 하루 종일 집을 비웠는데 돌아와 보니 여자가 없었다. 아버지가 그 여자를 돌려보낸 것이다.

"아이, 이 양반이 어쩌시려고 나한텐 한 마디 말도 없이 그이를 돌려보냈데요?"

"아, 임자가 아기를 가졌는데 그 사람을 집에 더 둘 필요가 어디 있어?"

"그래도 그렇지, 어느 구름에 비올 줄 알고……. 내가 딸을 낳으면 어쩌시려우? 그리고 몇 달 동안 식구처럼 살았는데 그렇게 보내면 어떡해요?"

"걱정하지 마. 내가 사정 얘기 잘하고 섭섭하지 않게 해서 보냈으니까. 선선히 떠났으니 더 이상 맘 쓰지 말아요."

그리고 몇 달 후, 엄마는 또 딸을 낳았다.

막내 동생이 태어나던 그날, 또 딸이라는 소식을 듣고 낙담하신 아버지는 선 자리에서 그대로 털썩 주저앉으셨다. 이렇게 아들을 간절히 원하는 집에 딸만 여섯이나 있었지만 집안 분위기는 늘 좋았다. 집안은 깔끔해서 동네 사람들이 마당에 떨어진 밥풀도 주워 먹겠다는 농담을 하셨고 웃음과 노래가 끊이지 않았다. 하지만 여자들만 있었기 때문에 아버지가 정해 놓으신 조심해야 되는 일이나, 여자라서 안 되는 일도 꽤 있었다. 그중의 한 가지가 딸자식은 공부를 많이 시킬 필요가 없다는 생각이셨다. 하지만 세월이 지나면서 그나마 세상의 빠른 변화가 아버지께도 영향을 미친 데다 집이 강릉 시내로 이사를 나오면서 내 바로 위의 언니부터는 고등학교까지 다닐 수 있게 되었다.

고등학교 원서를 쓸 때, 학교 성적이 좋은 나를 아까워하신 선생님이 집까지 찾아오셔서 꼭 인문계 학교를 보내야 한다고 강력하게 설득하신 덕에 여상 대신 강릉여고에 입학했다. 하지만 입학만 하면 다 될 줄 알았던 꿈은 팍팍한 현실 앞에서 금세 무릎을 꿇었다. 나는 내 의지와는 상관없이 취업반으로 들어가야 했다. 인문계 학교에도 취업반이 있다는 사실을 몰랐던 나는 복병에게 뒤통수를 맞은 기분이었다.

상과 과목에 쉽게 적응하지 못해서 애를 먹기는 했지만 걸스카우트 단장을 하고, 학교 과학실에서 근로장학생으로 일하면서 책도 실컷 읽으며 여고 시절을 보냈다. 그러다 대입 예비고사가 다가왔다. 시험조차 볼 수 없었던 나는 부엌에 주저앉아 하염없이 울었다. 내가 하도 서럽게 우니까 그때 사랑방에서 하숙하셨던 관동대학교 역사학과의 방동인 교수님이 시험이라도 보게 놔두지 그랬냐며 엄마에게 말씀하셨다. 그 말을 듣고 더 서럽게 울었던 기억이 난다.

성품이 반듯하고 깔끔하셨던 엄마는 쓸데없는 희망을 갖는 것보다 미리 체념하는 게 더 낫다는 말씀으로 내 울음 끝을 자르셨다. 하지만 교수님의 밥상을 차리시다 말고 잠깐 멍하니 앉으신 모습에서 나는 엄마의 아픔을 보았다. 내가 아들이었다면 아마 빚을 내서라도 대학에 보냈을 것이다.

언니들처럼 현실에 순응해서 공부를 포기하고 다른 길을 찾기보다는 대학에 가서 공부를 더 하고 싶어 늘 안달하는 나 때문에 엄마도 마음이 많이 아프셨을 것이다. 하지만 그때는 엄마의 마음이 보이지 않고 그저 내 환경이 원망스러울 뿐이었다.

우울한 졸업식이었다.

그런데 졸업식이 끝나자마자 학생과장님이 오시더니 얼른 집에 가서 간단한 소지품만 챙겨 오라고 하셨다. 선생님이 엄마께 설명을 드리고 허락받은 후 나를 데려간 곳은 경포에 있는 '동해 관광 호텔'이었다. 그때부터 2년 8개월 동안 그 호텔에서 캐시어로 일했다. 숙식까지 해결이 돼서 월급봉투는 아예 뜯지도 않고 엄마에게 맡겼다.

취업반이었는데 졸업하는 날 취직했으니 남들은 운이 좋다고 부러워했지만 정작 나는 포기한 대학에 미련이 남아 마음 한쪽이 늘 우울했다. 대학생이 된 친구들을 먼발치에서 바라보면서 주눅이 들고 창피하다고 생각한 적도 많았다. 하지만 늘 그렇게 비참한 피해 의식 속에 숨어서 살 수는 없었다. 그래서 나 자신을 위해 무엇인가 해야겠다고 결심했다.

'친구들이 대학에 가서 돈 내고 공부할 때, 나는 돈 벌며 공부한다. 그래서 나중에 사회에 나왔을 때 그들에게 전혀 꿀리지 않을 것이다.'

이렇게 다분히 치기 어린 결심을 하며 그 방법으로 택한 것이 바로 언어였다. 학벌에 상관없이 능력을 인정받을 수 있는 몇 안 되는 것 중의 하나가 외국어 실력이라고 생각했기 때문이다.

어느 나라 말이든, 몇 개 국어가 되었든, 외국어만이라도 열심히 공부해서 그것으로 내 어린 결핍을 일으켜 세우리라 결심했다. 하지만 생각만 앞설 뿐이었다. 외국어 중에서 첫 목표로 정한 영어는 직장 생활과 병행하다 보니 겨우 신문에 나오는 '오늘의 영어 한 마디' 같은 코너를 스크랩해서 외우거나 고등학교 때 쓰던 책을 다시 들춰보는 정도였다.

직장 생활은 특별히 재밌지도 않았지만 좀이 쑤실 정도로 지루하지도 않았다. 다만 늘 바라보는 동해의 파도가 자주 가슴을 후벼 팠다. 끊임없이 밀려오는 파도가 마치 되풀이되는 잔소리처럼 나를 흔들었다. 안주하지 말라고. 다시 시작하라고.

3년 정도 시간이 지났을 때, 엄마에게 회사를 그만두고 서울로 올라가서 속기 학원이라도 다니겠다고 말했다. 딱히 속기사가 되겠다는 생각도 없으면서 무심결에 그렇게 말하고 말았다. 엄마는 아무런 말씀도 하지 않으셨다. 대신 며칠 후에 나를 불러 앉히고 내 앞에 600만 원을 내놓으셨다.

"그동안 네가 갖다 준 월급의 원금이다. 이자는 내가 썼다. 이거 갖고 서울로 가거라."

엄마는 서울의 흑석동에서 직장을 다니는 셋째 언니에게 연락해 나를 좀 거두어 함께 지내달라고 부탁하셨다. 그렇게 해서 서울로 올라온 나는 여전히 영어 공부를 하고 영문으로 일기를 쓰면서 속기 학원이란 곳도 다니기 시작했다. 하지만 그것은 단지 미래에 대한 불안을 떨치려면 뭐든 시도해야 했기에 선택한 일에 지나지 않았다.

별 변화도 없이 서울 생활이 길어지면서 아무리 아껴 써도 통장의 돈은 빠르게 줄어갔다. 그럴수록 점점 더 불안해졌다. 그러다 보니 자꾸 이기적인 마음이 되어서, 일이 고단해 자주 아팠던 언니에게도 미안한 일을 여러 번 했다.

책상 스탠드가 없었는데도 아픈 언니의 잠자리보다 내 공부가 우선이라 생각했다. 그래서 공부한답시고 불을 훤하게 켜 놓아 다음 날 일찍 출근해야 하는 언니의 숙면을 방해했다. 하지만 그렇게 이기적일 수밖에 없을 만큼 내게는 하루하루가 절박했다. 한 발만 게으름을 피우거나 잘못 디디면 절대로 가고 싶지 않은 길로 들어서고, 일단 들어서면 어쩔 수 없이 그 길을 걸어가야 한다고 생각했기 때문이다.

우연이었을까?

1983년 5월이었다.

라디오를 듣고 있었는데 아랍어 무료강좌를 한다는 광고가 나왔다. 정신이 번쩍 날 만큼 솔깃한 소식이었다. 그때까지만 해도 한국에서 아랍어과가 있는 대학은 명지대학교와 한국외국어대학교뿐이었다. 그 정도로 일반인에겐 생소한 언어였지만 '무료'라는 말 때문에 그 언어가 얼마나 낯선 것인지는 생각지도 않고 이태원의 이슬람 사원을 찾아 갔다.

이 사원은 1969년 5월, 고 박정희 대통령의 특별 지시에 따라 한국 정부에서 부지를 제공하고, 사우디아라비아 등 이슬람 국가들의 지원을 받아 짓기 시작했다고 한다. 한창 중동의 건설 붐이 일기 시작한 때였으니 국내 무슬림의 종교적 자유를 보장한다는 의의도 있었지만, 아마도 중동 국가들과의 친밀한 관계유지가 더 큰 목적이었을 것이다.

1976년에 현재의 모습으로 개원하면서 이 사원은 한국 최초의 이슬람 성원이 되었다. 이 건물을 지을 때 쓰인 타일이나 벽돌 하나까지도 모두 중동에서 직접 들여온 것이라고 한다.

당시 이 사원에서 열린 아랍어 강좌를 맡은 분은 명지대 아랍어과의 최영길 교수셨다. 교수님의 아랍 이름은 '하미드'였다. 교수님은 한국인 최초로 사우디 메카 대학에서 공부했고, 또한 최초로 코란을 한글로 번역한 분이기도 했다.

아랍어 강좌를 들으러 온 사람들은 당시 사우디 및 중동에 파견된 외무부 직원의 가족들, 중동에 진출해 있는 건설 회사의 임원들, 그리고 나처럼 단순히 아랍어를 배우려는 이들이었다. 모두 7, 80여 명 정도 되었고 그중 여자는 일곱 명이었다.

그때 만난 사람들 중에 아직까지도 즐거운 기억으로 떠오르는 몇몇이 있다. 스스로 '백수'라고 소개한 서울대 철학과 출신 박 선생님, 누구하고든 국제결혼을 해서 미국으로 가는 게 꿈인 작은 키에 웃을 때마다 덧니가 예뻤던 내 또래의 여자, 나중에 태국 선교사와 결혼한 H, 가장 확실한 투자는 공부라면서 지금이라도 대학에 가라고 진심 어린 충고를 해 주셨던 어느 외무부 직원의 아내, 후에 클래스메이트와 결혼한 최 양, 그리고 한국인과 결혼한 이라크 여자 '모나'도 있었다.

모나와 그녀의 한국인 남편은 이라크 건축 현장에서 처음 만났는데, 그때 모나가 그의 상사였다고 한다. 그러다 둘이 사랑하는 사이가 돼서 모나가 아예 한국으로 귀화한 후에 결혼했다. 어쩌면 그녀가 한국인과 결혼한 최초의 이라크 여자일지도 모른다.

그들과 그리 긴 시간 동안 함께한 것도 아니고, 그 후로 지속적으로 연락하고 산 것도 아니다. 하지만 아직도 그들이 생생하게 떠오르는 것은 아마도 내 삶에 큰 변화가 시작되던 시기에 만난 사람들이기 때문일 것이다.

드디어 아랍어 첫 강의 시간. 최 교수님은 아랍어가 아닌 이슬람에 대한 이야기로 수업을 시작하셨다. 그러자 얼마 지나지 않아서 성질 급한 몇몇 사람들의 웅성거림으로 교실이 술렁거렸다. 그중 한 사람이 목소리를 높였다.

"교수님! 이거 혹시 말을 가르쳐 준다고 하고서는 종교를 전파하는 데 목적이 있는 것 아닙니까? 막말로 우리는 먹고사는 데 필요해서 아랍어를 배우러 왔는데 왜 쓸데없이 코란에 대해 가르치는 거죠? 저만 해도 이미 가톨릭인데 개종을 하라는 말씀인가요? 아무리 무료라고 해도 이건 옳지 않은 방법 아닌가요?"

그러자 조용히 항의를 듣고 계시던 교수님이 침착하게 대답하셨다.

"한 언어를 제대로 알기 위해서는 그 언어권의 문화를 알아야 하는데 특히 중동권은 그것이 더 필요합니다. 코란에는 이슬람의 문화와 생활에 대한 모든 것이 담겨 있다고 해도 과언이 아닙니다. 때문에 코란을 모르고는 결코 아랍어를 제대로 배우거나 아랍을 이해할 수 없습니다."

그제야 교실의 술렁거림이 잦아들었다. 교수님은 칠판에 아랍어로 뭔가를 쓰셨다. 그런데 한글과는 쓰는 방향부터가 반대였다. 내가 보기에 그것은 글자라기보다 그림에 가까웠다. 도대체 저 글자를 어떻게 배우겠다고 여기 앉아 있는 걸까, 하는 생각이 저절로 들었다. 하지만 수업이 진행될수록 코란의 모든 것이 너무나 아름답게 다가왔다.

이슬람은 생활종교였다. 만약 생활 속에서 그것들을 무리 없이 지킬 수만 있다면 이보다 더 아름다운 생활은 없으리란 생각마저 들었다. 어쩌면 한창 감수성이 예민하고 주어진 삶에 불만이 많았던 20대 초반이라 더 그랬는지도 모른다. 하지만 코란이나 이슬람에 대해 알아갈수록 이상하리만치 마음이 순해지는 경험이 계속되었다.

그러나 이런 마음과는 별개로 아랍어 자체는 너무 어려웠다. 3개월 일정의 '기초 1기' 과정이 끝난 후에도 아랍어는 여전히 모호하고, 안개 속을 떠다니는 언어였다. 그래서 기초반을 한 번 더 듣기로 결심하고 이슬람과 관련된 책을 찾아보았다. 관련 서적은 별로 없었지만 구한 책들을 달게 읽다 보니 정작 아랍어 공부보다 이슬람 자체에 더 많은 관심을 갖게 되었다. 책 읽기에 점점 더 빠져들 무렵, 무슬림이라면 의무적으로 해야 한다는 라마단 기간이 시작되었다. 나도 한번 해보고 싶었다.

완전 단식은 아니지만 한 달 동안 낮에는 일체 물도 허용되지 않는 금식을 하고, 밤에는 기도가 계속 이어졌다. 배고픔 뒤에 허락되는 물과 빵에 대한 다디단 감사, 몸의 상반신을 땅에 대는 절대 복종의 기도 의식, 모두가 아름다웠다. 낯설어서 더욱 설레는 경험이었다. 임산부나 노약자, 어린아이까지도 모두 참석하기 때문에 같은 시기에 한 가족, 한 나라의 모든 사람들이 함께 행하는 이 의식이 눈에 보이지 않는 소속감으로 다가와 마음 한구석이 어쩐지 든든했다.

어떤 기도를 드리느냐는 중요하지 않았다. 기도하는 행위 자체가 나에게는 메시지로 다가왔다. 새롭고 낯설지만 온전하게 몰입해서 나를 내려놓을 수 있는 무엇인가를 찾았다는, 나를 향한 기대 같은 것이었

다. 그런데 어느 날,

엄마가 돌아가셨다.

그것도 갑자기.

하늘이 무너진다는 표현이 과장이 아니라는 것을 알았다. 너무 슬퍼서 기가 막혔다. 그 슬픔 뒤에 찾아온 것은 원망과 분노였다. 엄마의 갑작스러운 죽음은 큰언니와 형부에 대한 미움으로 내 마음을 괴롭게 했다. 언니의 금전적인 실수가 이혼까지 이어졌는데, 엄마는 그 충격을 끝내 이겨내지 못하고 어느 날 아침에 갑자기 쓰러지신 것이다.

키워 보지도 못하고 잃은 딸 넷까지 합하면 열 명의 자식을 낳고도 끝내 아들을 보지 못하신 부모님께 첫 사위는 친아들보다도 더 귀하고 어려운 존재였다. 어릴 때 큰 형부가 집에 오면 한 번도 쓰지 않은 공단 이불이 나오고, 항상 독상으로 밥상을 차렸다. 형부가 세수하는 동안 팔에 수건을 걸고 옆에 서 있어야 하는 건 정말 지겹도록 하기 싫은 내 몫이었다. 그렇게 애지중지 위했던 사위가 다른 것도 아닌 당신 딸의 실수로 남이 된다는 사실, 자랑거리였던 언니의 가정이 해체된다는 사실이 엄마에게는 절망이셨을 것이다.

이런 생각을 하면 할수록 엄마의 죽음이 억울하도록 안타까웠고 언니와 형부를 향한 원망이 커졌다. 내가 아무리 슬퍼하고 원망한다 해도 아무것도 달라지지 않으리란 걸 알면서도 이런 감정에서 자유로울 수가 없어 괴로웠다. 하지만 다행히도 엎드려 기도하는 시간이 늘어날수록 마음은 조금씩 평정을 되찾았다. 그래서 나는 라마단 기간이 끝난 후 한 치의 망설임도 없이 무슬림이 되었다. 그리고 '아이샤'란 이름을 받았다.

아직 엄마의 탈상이 끝나지 않은 때였는데 무슬림 청소년을 위한 캠프인 'WAMY Seoul Regional Camp'가 열릴 예정이니 참여하지 않겠냐는 소식을 받았다. 엄마의 죽음으로 인한 상실감을 메워 줄 무엇인가가 필요하던 때라 망설임 없이 가겠노라고 했다. 아직 상중이라 머리에 흰 핀을 꽂고 경기도 용인에 있는 유네스코 회관에서 7박 8일 예정으로 열리는 캠프에 참가했다.

이 캠프에 참가한 사람들 중 한국인은 대부분 명지대나 한국외대의 아랍어과 학생들이었고, 그 외에는 인도네시아, 말레이시아, 싱가포르, 일본 등에서 온 이슬람 대학의 교수들과 무슬림 청소년들이었다.

이때 나는 처음으로 사우디 남자를 한 명 만나게 되었다. 그는 당시 사우디인으로는 최초로 일본 와세다 대학에 유학을 온 사람이었는데, 그가 바로 현재 일본 주재 사우디 대사로 와 있는 '압둘아지즈 투르크스타니Abdul Aziz A. Turkustani'다.

그런데 그는 내가 그동안 풍월로 듣고 상상하던 그런 아랍 남자가 아니었다. 그때까지 내가 막연하게 생각하던 아랍 남자는 다소 거만하고, 여자를 소유물로 여기며, 무슨 생각을 하는지 알 수 없는 차가운 석고상 같은 외모의 이미지였다. 그러니 당연히 근접하기 어려울 것이라 상상했다. 그런데 그는 그리 많은 시간을 들이지 않고도 나의 이런 선입견을 모두 깨버렸다.

그는 그 누구보다도 단정한 차림과 집중력으로 세미나에 참가했지만 항상 웃는 얼굴이었고, 누구를 만나더라도 먼저 인사했다. 언제 배웠는지 한국인에게는 '안녕하쎄요'라고 서툰 한국말로 인사했다. 분위기가 좀 심심한 듯하면 우리도 발음이 꼬이기 쉬운 '간장공장공장장' 같은 말들을 정확하게 발음해서 분위기를 돋웠다. 또 갑자기 주위를 뱅뱅 돌아서 뭘 찾느냐고 물어보면 좀 전에 방귀를 뀌었는데 혹시 바닥에 구멍이 나지 않았나 검사 중이라는 농담으로 우리를 웃게 만들었다. 그는 방학이 되어 사우디로 갈 때면, 꼭 부인과 아들을 데리고 한국에 먼저 들러서 며칠 동안 머물다 간다고 했다. 한국과 한국인을 진심으로 좋아하는 남자였다.

나보다 겨우 두 살 많았지만, 늘 여유 있고 따뜻한 마음으로 혼자 끌어안고 있는 상처와 아집이 많았던 내게 편하고 좋은 친구가 되어 주었다. 그때 그가 입고 다니던 눈부시게 하얀 사우디아라비아 전통 의상과 터번이 참 아름다워 보였던 것은 비단 옷이 갖는 분위기 때문만은 아니었을 것이다. 그는 대개의 똑똑하고 부유한 사람들이 동시에 갖기 어려운, 소탈함과 따뜻함까지 가진 맑은 사람이었다.

그때 압둘아지즈는 캠프에 참석한 이슬람 학자들과 합심해 나를 외국에 있는 이슬람 대학에서 공부할 수 있게 만들려는 계획을 세웠다. 결국 나는 캠프에 참가하고 있는 동안 깜짝 놀랄 만한 제안을 받았다. 사우디 정부의 장학금으로 해외에 있는 이슬람 국제대학에 유학을 가서 박사 학위를 취득할 때까지 공부한 뒤에 한국으로 돌아와 학생들을 가르쳐 달라는 것이었다. 시간이 얼마가 걸리든 상관없고 유학에 필요한 모든 경비를 사우디 정부에서 대주겠다는 조건이었다.

그때만 해도 석유로 보유하고 있는 사우디의 막대한 부에 비해 국가나 문화에 관한 인지도는 아직 낮았다. 때문에 그들은 이런 방법을 통해 자신들의 문화와 종교를 세계 속에 퍼뜨리려는 계획이었던 것이다.

어쨌든 나에게는 꿈이 이뤄진 셈이었다. 그렇게 하고 싶어 했던 대학 공부를 무료로, 그것도 외국에 나가서 할 수 있게 해 준다니! 더구나 그때 한참 빠져들어 가던 이슬람에 대해 공부하고 선생이 될 수 있도록 뒤를 봐주겠다니 너무나 매력적인 제안이었다. 믿어지지 않을 만큼 기뻤다.

일을 진행시키려면 우선 학교를 결정해야 했다. 그는 영국, 말레이시아, 인도네시아에 있는 이슬람 대학 중에서 한 곳을 선택하라고 했다. 지금 생각하면 좀 어이가 없지만 영국은 너무 멀다는 이유만으로 가장 먼저 제외했다. 같은 아시아권이 그래도 마음이 놓여서 말레이시아에 있는 이슬람 국제대학International Islamic University으로 결정했다.

그런데 마감이 임박해서 신청한 탓에 자리가 없다면서 일단 웨이팅 리스트에 올려놓을 테니 입학 전에 하는 랭귀지 코스 등록을 마치고 기숙사에 체크인 하라는 통지를 받았다. 한껏 들떠 있다가 처음 계획에서 조금 어긋나자 굳은 결심도 흔들리고, 갑자기 자잘한 걱정이 많아져서 자신감도 줄어들었다.

엄마가 돌아가신 후에 아버지와 막내의 생활이 마음에 걸렸다. 물론 금전적인 문제도 포함된 걱정이었다. 내가 한국에 남는다고 해서 확실하게 가족을 책임진다는 보장은 없었지만, 그래도 모든 걸 모른 척하고 나 혼자 떠나 대주는 돈으로 공부만 하는 것도 그리 쉽게 생각할 일은 아니었다. 나는 압둘아지즈에게 집안 사정이 이러이러해서 유학을 갈 수가 없다고 말했다. 그러자 무엇을 도와주면 좋겠냐고 묻기에, 나는 돈을 벌고 싶다고 했다.

해가 바뀐 1984년, 사우디에서는 '킹 파드'가 제5대 국왕으로 즉위한 지 2년쯤 되었을 무렵이었다. 파드 빈 압둘아지즈 알 사우드 왕Fahd bin Abdul Aziz Al Saud은 1921년에 킹 사우드와 중부 지역에 분포한 수다이리Sudairi 부족에서 시집 온 '하사 빈 아흐매드 알 수다이리Hassa bin Ahmad Al Sudairi' 사이에서 태어났다.

그는 제2 왕세자the second crown prince로 봉해진 '킹 파이잘' 시절부터 사우디 국가 수입의 전부이다시피 한 아람코 석유 회사를 통제함과 동시에 실제적으로 사우디를 통치한 실세였다. 통치자란 항상 그를 반대하는 세력이 있기 마련이지만 그래도 킹 파드는 대부분의 국민들로부터 지지와 신뢰를 받는 왕이었고, 실제로 특유의 카리스마를 지닌 뛰어난 통치자로 평가받고 있었다. 그의 훌륭한 통치력에는 한 어머니로부터 태어난 여섯 친형제들의 정치적 위치도 한몫했다.

킹 파드의 아버지인 압둘아지즈 왕은 국가를 단결시키고 왕권을 강화하기 위해 혼인 정책을 썼다. 그래서 이슬람 교리에는 네 명이 넘는 아내를 가지는 것이 금지되어 있지만 압둘아지즈 왕은 마흔 명 이상의 아내를 각 부족으로부터 취했고, 그들과의 사이에서 마흔다섯 명의 아들과 더 많은 딸들을 가지게 된다.

이렇게 여러 어머니에서 난 많은 배다른 형제들 중에 어머니가 같은 형제란 것은 특별한 유대감을 형성하기에 충분한 조건일 것이다. 그래서 킹 파드가 왕이 되었을 때 다른 친형제들이 모두 그를 도왔다. 하지만 엄밀히 말하면 형제들이 왕을 도왔다기보다 동생들이 훌륭한 형의 도움을 받았다는 게 더 정확한 표현일 것이다.

어쨌든 정치 평론가들은 그들 어머니의 부족 이름을 따서 이들을

'수다이리 칠형제Sudairi Seven Brothers'라 불렸다. 왕을 제외한 나머지 여섯 형제들도 국방부 장관, 내무부 장관 등의 위치를 차지하며 사우디에서 가장 강력한 권력의 핵을 이루었다. 결과적으로 왕의 통치력을 더욱 강화시키는 역할을 한 것이다.

킹 파드의 고문이 서울에 있다는 소식을 들은 압둘아지즈는 당시 한국에서 사업을 하던 사우디 왕족이라는 '슐레이만 아부알리'에게 내 얘기를 했다. 그리고 왕의 고문에게 내 소개를 해달라고 부탁했다. 어느 날, 그가 나를 만나고 싶어 한다는 연락을 받았다.

나는 남산의 힐튼 호텔에 머물고 있는 왕의 고문을 만나기 위해 찾아갔다. 필리핀 남자 비서가 안내하는 스위트룸으로 따라갔더니 깔끔한 백발의 노인이 단아한 자세로 앉아 있었다. 흐트러짐 없이 단정했지만 표정은 온화했다. 질문도 별로 없었고 말씀도 길지 않았다. 하지만 깊고 맑은 눈으로 나를 찬찬히 살펴본다는 것을 알 수 있었다.

그는 나를 만난 후, 왕과 직접 통화해서 나에 대해 설명했다. 그리고 왕으로부터 나를 왕실로 보내라는 답을 들었다. 나는 슐레이만에게 사우디 왕실로 갈 수 있게 되었다는 소식을 전해 듣고 내가 왕실에서 무슨 일을 하는 거냐고 물어보았다. 그러자 자기도 자세한 것은 모르지만 그냥 믿고 가라고 했다.

"너는 우리들의 딸 같고 동생 같으니까 그냥 무조건 믿고 가라. 가면 네가 원하는 돈도 벌 수 있고, 무슬림과 아랍어도 정통으로 제대로 배울 수 있을 거야. 결코 너한테 손해나는 일은 아닐 테니까 무조건 믿고 가."

나는 사실 그때까지도 왕실이라니까 그런가 보다 했지, 사우디아라비아의 왕실이나 왕에 대해서는 아는 바가 전혀 없었다. 그저 어린 마음에 왕실이란 단어가 주는 신비함이 꽤 매력적이기도 했고, 게다가 돈도 벌 수 있다고 하니, 결코 흔하지 않은 이 경험이 내 삶에 분명 긍정적인 영향을 미칠 것이라고 기대했다.

'딱 1년만이야! 내가 한국에 그냥 남는다고 해도 1년이란 세월은 정말 아무것도 아니게 흘러갈 수 있어. 그래, 가자. 부딪쳐 보는 거야. 무엇인가 내 삶을 크게 바꿔 놓을 만한 게 기다리고 있을지도 몰라. 기회는 늘 오는 게 아니잖아!'

거울 속의 내게 두 주먹이라도 불끈 쥐는 듯한 표정을 보이며 잘한 결정이라고 나 자신을 격려했다.

세상에 우연이란 게 있을까? 난 없다고 생각한다.

어느 날 틀어 놓은 라디오에서 아랍어 무료강좌라는 단어를 들었고, 낯선 언어와 종교를 경험했고, 중동에서 온 한 남자를 알게 되었고, 오랜 꿈을 포기한 자리에 낯선 기회가 찾아왔다. 이 모든 것들이 내 의지와는 상관없이 어느 날 갑자기 시작되었지만 그래도 우연은 아니라고 생각한다. 이 모든 것을 우연이라고 하기엔 우리의 삶이 너무나 정교하고 눈물겹지 않은가.

사다카

시간이 멈춘 것 같았다.

무엇인가 큰 결정을 기다린다는 것은 외로움과 비슷했다. 다른 이들의 삶은 모두들 제 방향으로 나가고 있는데 나만 정체되어 흔들리고 있다는 느낌은 때로 무력감과 혼동되었지만, 그저 기다려야 한다는 것이 한편으로는 일종의 휴식처럼 느껴지기도 했다.

이렇게 사우디로 떠날 날을 기다리고 있는 동안, 오만 대사관과 연결이 돼서 한국 주재 오만 대사이신 하미드 씨의 네 아이들에게 한국어를 가르치게 되었다. 무슨 이유인지는 모르지만 부인은 안 계시고, 대사님 혼자 아이들과 함께 약수동의 저택에서 살고 있었다.

아이들은 밝았다. 자상한 아버지의 사랑을 받으며 좋은 환경에서 구김 없이 크는 아이들을 만날 때면 마치 팍팍한 현실을 떠나 영화 속으로 들어온 듯한 착각이 들 때도 있었다. 더구나 아이들의 목적이 딱히 한국어를 배우겠다는 것보다는 한국인과 그 정서에 익숙해지려고 선택한 방편이 어학일 뿐이라서 가르치는 일에 큰 부담도 없었다. 그리고 무엇보다도 가끔 뵙게 되는 대사님의 친절과 따뜻한 미소가 참 좋았다.

그 해 라마단^{Ramadan fasting} 기간 중의 어느 날이었다. 택시를 타고 밤 9시쯤 이태원에 도착해 마스짓(이슬람 사원)으로 가는 계단을 막 오르려는데 자동차 한 대가 미끄러지듯 들어섰다. 한눈에 알아볼 수 있는 4600이란 번호판을 단 벤츠, 약수동 대사님의 차였다.

차 속에서 나를 보고 미소 짓는 대사님의 얼굴을 어둠 속에서도 분별할 수 있었다. 나는 약간 주춤거리다가 자동차 뒤를 돌아 다른 쪽 계단을 통해서 3층의 여자 예배실 문 앞에 도착했다. 그런데 어느새 나보다 먼저 올라와 계시던 대사님이 내 손에 무엇인가를 쥐어 주고는 빠르게 몸을 돌려 2층의 남자 예배실로 다시 내려가셨다. 내 손에 쥐어진 것이 무엇인지 알아채기도 전에 그가 남긴 한 마디가 아득했다.

"사다카……."

사다카^{Sadaqa}는 원래 '신앙의 올바름'이란 의미인데 자선, 혹은 그런 마음이 담겨 있다는 뜻이다. 다른 이에게 사다카를 하는 사람은 그 보상을 바라지 않는다. 단지 자신의 그런 행동을 통한 신의 은총을 바랄 뿐이다. 말하자면 보상이나 보답을 바라지 않는 가장 순수한 마음으로 남에게 베푸는 행위다. 그것이 물질적인 것일 때가 가장 많지만, 진심 어린 미소도 사다카라고 한다.

대사님이 날 위해 미리 사다카를 준비한 것은 아닐 것이다. 나를 우연히 만난 순간 즉흥적으로 생각해낸 일일 것이다. 그런데 그는 왜 내게 사다카라는 명목으로 무엇인가 주고 싶었을까? 이런 의문이 내 솔직한 심정이었다. 정말 단순한 종교적인 행동이었을까? 혹시 개인적으로 대등하고 싶은 내 바람과는 상관없이 내가 불쌍해 보였던 것은 아닐까? 표현하진 않았지만 마음속으로 좋아했던 분이기에 이런 생각들은 나를 당황하게 했다. 갑자기 혼란스러운 감정들이 밀려와 가슴이 뻐근했다.

3층의 예배당 문은 잠겨 있었다. 그래서 다시 1층으로 내려와 사무실 옆으로 난 작은 문을 통해 예배당으로 들어갔다. 자리에 앉자마자 아잔^Azan(이슬람교에서 예배 시간을 알리기 위해 큰 소리로 외치는 일)이 들렸다. 기도를 하기 위해 마음을 가다듬는데 가슴 밑바닥에서 뭔가 울컥 치밀었다. 나 자신이 너무나 초라하고 순수하지 못한 것 같아 견딜 수가 없었다. 내 처지를 있는 그대로 인정하지 않았기 때문에 오히려 자존감을 잃었다는 자책이 다른 무엇보다도 컸다.

그날 밤, 집으로 돌아와서도 내 마음과 머리는 서로에게 소통 불능을 호소했지만 시간이 지날수록 나는 담담하게 무릎을 꿇었다. 히잡^hijab(아랍권의 이슬람 여성들이 머리와 상반신을 가리기 위해 쓰는 쓰개)도 벗은 채 마스짓을 왕래했으며 우두^Wudu(무슬림이 예배 보기 전에 규율에 따라 신체의 일부를 씻는 행위) 없는 예배를 봤으니 라마단 기간 동안 순수한 마음으로 기도에만 전념했다고 말할 수가 없었다. 정체를 알 수 없는 상실감으로 많이 울었다.

불투명한 앙금은 여전히 남아 있었지만 시간이 지날수록 마음이 차분하게 가라앉으며 수습되었다. 밤마다 타라위^Tarawih를 드릴 때면 역시 같은 예배를 올리는 대사님을 자주 볼 수 있었다. 그가 있는 2층 예배실에서는 3층이 잘 보이지 않지만 내가 앉아 있는 예배실에서는 아래층이 잘 내려다 보였다.

나는 예배를 드리는 대사님이 보일 때마다 그가 구원하는 모든 기도가 이루어지기를 진심으로 바랐다. 누군가를 위해 아무런 욕심 없이 그토록 순한 마음의 염원을 가질 수도 있다는 경험은 내 믿음에도 조금쯤 도톰한 살이 오르게 했다.

'타라위'는 라마단 금식 기간인 한 달 동안 밤마다 계속 행하는 예배다. 이 예배를 인도하는 사람을 '이맘Imam'이라 부르는데, 이때 이맘은 코란을 토씨 하나 틀리지 않게 원본 그대로 외운다. 첫날 코란 제1장 알 파티하 장(수라 알 파티하)으로 시작해서 마지막 날에 코란 제114장인 나스 장(수라 나스)까지 암송한다. 한 장씩 암송할 때마다 몸을 구부려 반절을 한 후에 다시 엎드려 온절로 예배를 드린다. 이때 이맘들이 낭송하는 코란 소리는 인간이 신께 드리는 가장 아름다운 찬송이라고 해도 손색이 없다.

지금도 나는 타라위 예배를 가장 신성한 기도로 여긴다. 라마단 기간인 한 달 동안 낮에는 일체 물 한 방울도 입에 대지 않는 금식으로 신께 복종한 후, 밤이면 엎드려 드리던 타라위 예배가 내 몸과 마음을 천천히 정화시켜 주었기 때문이다. 내 기도 속에는 늘 대사님과 아이들을 위한 기도가 있었다. 그의 하루하루에 축복이 있기를, 그의 네 아이들이 아름답게 자라기를, 그래서 행복한 가정이 되기를 진심으로 바랐다.

한 달 동안의 라마단 기간이 끝나자 나는 좀 다른 사람이 된 듯한 기분이었다. 그것은 이를테면 나 자신에게만 엎어져서 나를 위해서만 살던 무의식 및 의식의 세계가 조용히 문을 열고 나와 세상과 사람들을 향해 소통의 발을 다시 내딛는 느낌이었다.

이렇게 갈등과 기쁨 속에서 그 해의 라마단 기간이 끝나고, 나는 사우디로 떠날 준비를 시작했다. 약수동의 아이들을 가르치는 일도 끝내야 했다. 서운한 마음에 청계천 7가에서 카나리아 한 쌍을 샀다. 하지만 직접 전해 주지는 못하고 언니에게 대신 부탁했다.

그때는 막연하게 또 만나게 되리라 생각했다. 사우디로 간 후에 아이들이 영어로 써서 보낸 편지도 받았다. 하지만 그 후 얼마 지나지 않아 대사님은 다시 본국으로 돌아가셨고, 나도 생각보다 오래 사우디 왕실에 머물게 되면서 더 이상 만나지 못하고 말았다. 하지만 추억 속에서는 늘 포근한 미소와 함께 생생하게 살아 있었다.

마음에서 떠나지 않으면 언젠가는 만나게 되는 걸까? 그들을 처음 만났던 때부터 20여 년도 더 지난 어느 날, 오만 출장길에 대사님과 연락을 시도했다. 어떻게 변하셨는지 궁금했다. 연락을 받으신 대사님은 내가 묵고 있는 호텔로 찾아오셨는데, 아직 정정하시긴 해도 말갛고 깔끔한 노인이 되어 계셨다. 예전에 잘 토라지고 새침한 다섯 살이었던 막내 '후다'가 함께 나왔는데, 그녀는 자신의 어릴 적 모습을 쏙 빼닮은 예쁜 여자아이의 손을 잡고 있었다.

이런저런 얘기를 나누다 보니 대사님이 본국으로 돌아간 후에 새 아내를 얻고 아이를 넷이나 더 낳았다는 걸 알게 되었다. 아니, 어떻게 그러실 수가 있었냐고, 무슨 비법이라도 있냐고 농담을 했더니 빙긋 웃으시면서 그게 모두 한국의 '홍삼' 덕분이라고 하셨다. 한국에서 먹고 참 좋아서 장복했는데 아무리 생각해도 그 덕분인 것 같다면서 나를 오래 웃게 만드셨다.

　대사님은 다음에 출장 올 때는 호텔에 묵지 말고 당신 집으로 오라는 말씀을 남기고 떠나셨다. 그때 보았던 세 사람의 뒷모습이 유순하게 저장된 추억의 향기로 지금까지도 은은하다.

제다 공항의 새벽바람

당시 내가 사우디로 가는 데 필요한 수속을 해 준 사람은 전에 왕실의 고문과 연결해 주었던 슐레이만이었다. 그가 사우디 대사관과 연락하며 내 비자와 항공권을 준비하는 동안 나는 마치 한 가지 생각밖에 못하는 사람처럼 계속 똑같은 질문을 나 자신에게 던지고 있었다.

'너 정말 갈 거야? 누가 기다리는지, 가서 무엇을 하게 될지, 심지어 보수가 얼마인지조차도 모르잖아. 아는 거라곤 그저 사우디의 왕실로 들어간다는 것뿐인데, 정말 가도 괜찮겠어?'

내 결정이 보들레르의 시구처럼 '여기가 아니라면 어디라도!' 식의 도피성일까 봐 두려웠다. 하지만 시간이 지날수록 나는 도피보다 희망을 꿈꾸고 있다는 확신이 들었다.

'그래, 갔다 오기만 하면 이 경험이 앞으로의 내 인생에 큰 힘이 될지도 몰라. 가자. 이젠 정말 가는 거야. 여기 계속 있다고 무슨 뾰족한 수가 있는 것도 아니잖아? 하지만 엄마가 살아계셨으면 어땠을까? 아무리 왕궁이라고 해도 그 먼 사막의 나라 사우디아라비아로는 절대 보내지 않으셨을 거야. 시집가야지 사우디는 무슨 사우디냐고 하셨겠지. 엄마…….'

엄마가 말린다고 결심을 바꿀 만큼 호락호락한 딸도 아니었으면서 '막막하다'라는 단어만 자꾸 떠오르는 시작 앞에 자주 엄마 생각이 났다. 엄마라면 나보다 더 나를 걱정하며 내 결정을 바꿀 수 없다는 것을 알면서도 몇 번이나 같은 말로 나를 말렸을 거란 생각에 외로웠다. 이상한 외로움이었지만 그 외로움의 끝에는 늘 돌아가신 엄마가 계셨다. 이렇게 생각이 엎치락뒤치락하는 동안 시간이 흐르고 드디어 떠나야 할 날이 왔다.

1986년 7월 21일 김포공항.

출국할 때 입으려고 일부러 양장점에서 맞춰 둔 옷을 꺼내 입었다. 뽀얀 우윳빛에 무릎까지 오는 긴 치마와 재킷으로 된 투피스였다. 그무렵 내가 옷으로 누릴 수 있는 가장 큰 호사에 해당하는 의상이었다. 낯선 길을 나서는 내게 그 정도의 선물은 주고 싶었다. 그렇게 새로 지은 옷이 마치 날개라도 되는 양 떨쳐입고 공항으로 갔다.

사실 옷은 날개옷 같은데 마음은 누에고치 속의 애벌레처럼 자꾸 움츠러들었다. 마음이 설레는가 싶으면 어느 순간 급하게 다시 울컥해서 돌돌 말리곤 했다. 새삼스레 앞으로 다가올 시간에 대해 너무나 아는 게 없다는 것이 두려웠다.

그러다 내가 아직 내 여권과 항공권도 가지고 있지 않다는 것을 깨달았다. 그러니까 시작부터가 이상한 여행이었다. 여행이라고? 이게 여행인가? 아니다. 차라리 잠시 삶의 터전을 옮기는 유목민의 행적이라는 게 더 정확한 표현일 것이다.

슐레이만이 경영하는 회사의 직원이라는 사람이 나대신 직접 수속을 밟더니 그제야 탑승권과 여권을 주었다. 국제선 비행기는 처음이라 더 그랬겠지만 탑승권을 받는 순간 가슴속에 불덩이 하나가 뭉쳐져서 제멋대로 쿵쿵 소리를 내며 심장 속을 돌아다니는 것 같았다.

강릉에서 올라오신 아버지는 사우디로 가는 딸의 복잡한 심경은 눈치채지도 못하시는지 걱정스러운 얼굴보다 이제 만사가 잘될 거라는 표정이셨다. 그날 아버지는 강릉으로 돌아가셔서 이웃들에게 "우리 딸이 사우디 왕궁으로 돈을 벌러 가서 내가 직접 비행장까지 다녀왔는데, 나는 내 딸이 그렇게 예쁜지 처음 알았다"며 자랑하셨다고 한다.

탑승권을 손에 들고 대한항공 직원의 안내를 받으며 탑승하자, 남자 승무원인지 기장인지 잘 모르는 남자가 내 여권은 자기가 보관해야 한다며 달라고 했다. 국제선은 원래 그런 줄 알고 여권을 건넨 후, 지정해주는 맨 앞줄의 좌석에 앉아 비로소 비행기 안을 둘러보았다. 상상했던 것보다 훨씬 좋았다. 승무원들은 의외로 한복을 입고 기내 서비스를 하고 있었다. 국제선은 다 이런 건가 했는데 알고 보니 내가 탄 자리가 일등석이었다.

자리를 잡고 앉자 그때까지 막연하던 두려움이 구체적인 현실로 다가오면서 아주 복잡한 심정이 되었다. 곧이어 비행기가 움직이기 시작했는데 그와 동시에 복잡하던 내 마음의 기류도 한쪽으로 쏠리고 있었다. 이제는 되돌릴 수 없다는 느낌……. 딱히 서럽거나 슬펐던 것도 아닌데 갑자기 눈물이 쏟아졌다. 누가 밀어낸 것도 아니고 나 스스로 결정해서 가는 길인데도 꼭 쫓겨 가는 기분이 들었다. 눈물을 보이지 않으려고 쿠션에 얼굴을 묻었더니 승무원이 다가와서 비행기 멀미를 하느냐고 물었다. 난 얼굴을 묻은 채 고개만 끄덕였다. 그때가 아마 비행기가 한국 땅을 뜬 직후였을 것이다.

서울을 떠난 다음 날인 7월 22일 새벽 3시쯤, 사우디의 제다^{Jeddah} 공항에 도착했다. 비행기는 방콕을 경유해 바레인에서 기름을 넣고 13시간을 날아왔다. 사우디 도착이 가까워질수록 근거 없이 서럽기만 하던 마음이 가라앉더니 이제는 빠르게 현실적인 걱정으로 바뀌고 있었다.

누가 나와 있기는 한 걸까? 그 사람은 날 어떻게 알아볼까? 나는 어디로 가게 될까? 그리고 내 여권은 왜 다른 사람이 보관하고 주지 않는 거지?

이런저런 생각으로 마음이 어지러울 때 비행기가 멈췄다. 내 여권을 가져갔던 남자가 다가오더니 내릴 준비를 하고 출구 바로 앞에 서 있다가 문이 열리면 가장 먼저 나가라고 했다. 그러면서도 여권을 돌려주지는 않았다.

드디어 비행기 문이 열리자, 치마 밑으로 훅- 하고 바람이 올라왔다. 예고도 없이 갑자기 만난 사우디의 첫 바람은 새벽 3시쯤인데도 후끈했다. 마치 어릴 적 떡 방앗간에 갔을 때 솥뚜껑이 열리면서 뿜어져 나오던 뜨거운 김 같았다. 하지만 방앗간이라면 모를까, 이 새벽에 낯선 나라의 공항에서 만나는 바람으로는 불길할 정도의 열기였다.

아무런 생각도 할 수 없었고 눈앞에 보이는 것이라곤 어둠뿐이었다. 트랩을 내려서고 나서야 바로 앞에 승용차가 한 대 서 있다는 걸 알아챘다. 이윽고 그 승용차에서 한 남자가 내리더니 승무원과 몇 마디 나눈 후 내 여권을 넘겨받고 나서 나에게 차에 타라고 했다.

차는 어두운 밤길을 계속 달렸다. 나는 점점 더 무섭고 불안해서 가슴을 누르다가 더 이상 참을 수가 없어 영어로 물었다.

"지금 어디로 가고 있는 거죠?"

대답이 없었다. 그래서 다시 한 번, 이번엔 아랍어로 물었다. 그러자 그 남자는 대답 대신 오히려 질문 같은 한 마디를 내게 던지곤 입을 다물었다.

"모르고 왔나요?"

이상하게도 그의 이 한 마디는 쿵, 소리를 내며 내 가슴 밑바닥으로 떨어졌다.

'글쎄…… 그런가 봐요. 지금 생각해보니 내가 아무것도 모르고 왔나 봐요. 그러니 어쩌죠? 다시 돌아갈까요? 아니, 돌아가게 해 줄래요?' 미동도 없는 반듯한 그의 뒤통수를 바라보며 나는 속으로 중얼거렸다. 나중에 알았지만 그는 조하라 왕비의 운전기사였다.

대화가 거의 없어 더 무겁고 길었던 밤길을 달려 도착한 왕궁에서 내가 맨 처음 본 것은 붉은 장갑차와 총을 멘 군인들이었다. 내가 도착한 곳은 사우디아라비아의 여러 궁전 중 하나인 제다의 살람 궁^{Salam} ^{Palace}이었다. 여의도만 한 정원이 있고 말로만 듣던 홍해가 바로 옆에 있었다.

도착한 후 새벽 5시쯤 잠들었는데 잠이 깨니 아침 10시였다. 피곤했던 13시간의 비행과 그보다 훨씬 더 피곤했던 불안감에 비해 짧은 잠이었지만 다시 잠들지 못하고 서성댔다. 그런데 오후 1시가 넘도록 아무런 연락이 오지 않았다. 궁의 모든 사람들이 아직 잠자고 있는 것 같았다. 도대체 어떻게 돌아가는 곳인데 지금 이 시간까지 모두 잠을 자는 걸까? 이것조차도 마음을 더욱 불안하게 만들었다. 무슨 일인가 일어나길 기다리다가 배가 고파 분유를 타서 몇 모금 마시고 있는데 버지, 나넷, 안지라고 자신들을 소개한 필리핀 여자 세 명이 다가왔다. 나보다 조금 일찍 궁에 온 사람들이었다. 우리는 서먹한 인사를 나눴다.

늦은 오후에는 혼자서 정원을 한 바퀴 산책했다. 높은 철문 뒤에는 여기 오면서 처음 보았던 장갑차와 무장한 군인들이 군데군데 서 있었다. 하지만 안쪽의 풍경은 아름다웠다. 비록 인위적이긴 해도 사막이 품고 있는 정원에는 여태껏 한 번도 상상해보지 못한 종류의 아름다움이 고요하게 스며 있었다.

아이샤 꾸리

사우디 왕실에 도착한 첫날, 마땅하게 입을 옷이 없어서 당황했다. 왕실에서는 최대한 몸이 드러나지 않는 옷을 입어야 한다. 치마도 발목을 덮는 긴 것이어야 하는데 그 사실을 몰랐던 나는 미처 적당한 옷을 준비하지 못했던 것이다. 다행히 '하지르'라는 여인이 자신의 고운 원피스 한 벌을 선뜻 내주어서 얼마나 고마웠는지 모른다.

사흘째 되던 날, 조하라 왕비의 배려로 나보다 먼저 와서 생활하고 있던 필리핀 여자들과 함께 왕비의 하녀인 '버지'의 안내를 받으며 시장에 갔다. 그들은 한결같이 구두를 덮는 긴 치마와 목까지 단추를 잠그는 블라우스를 샀다. 얼핏 한국의 새색시들이 입던 홈드레스 같았는데, 옷감이나 색상은 한국에 비해 질이 낮았다.

내가 하지르의 옷을 입고 있는 걸 기억한 버지는 내게도 그들과 비슷한 옷을 사 주었다. 그리고 외출용으로 입을 까만 아바야(이슬람교도의 여성이 착용하는 모자가 달린 망토 모양의 민족의상)와 히잡도 샀다. 내가 그때까지 '차도르'라고 부르던 옷을 사우디에서는 '아바야'라고 부른다는 것도 새롭게 배웠다.

난생처음 가 본 사우디의 시장은 그때까지 내가 알던 시장의 풍경과는 너무 달랐다. 마치 흰색과 검은색만을 고집스럽게 사용하는 화가의 그림 같았다. 상인들은 모두 남자였는데 흰옷을 입고 있었고, 남자를 따라 물건을 사러 온 몇 명의 여자들은 얼굴부터 발끝까지 가리는 까만 아바야를 입었다. 장갑도 검은색이었다. 아바야는 땅에 질질 끌려서 구두 끝조차도 보이지 않았다.

자유롭게 헝클어져 있는 원색의 물건들과 허물없고 높은 아낙들의 목소리가 없는 시장은 묘한 불안감을 불러왔다. 사람 사는 모습을 가장 진솔하고 자연스럽게 보여 주는 곳이 시장 풍경이라는 말에 동의했던 나는 당황하지 않을 수 없었다. 마치 손에 들고 있던 달콤한 사탕을 맛보기도 전에 빼앗긴 아이처럼 기운이 쭉 빠졌다. 사소한 것에서 느끼는 불안으로 다가올 큰 것에 대한 의욕까지 상실하고 마는 난감함, 그런 것이었다.

다음 날, 시장에서 사온 옷을 입고 섬에 있는 '자질라' 궁으로 갔다. 이 섬은 왕실 가족이 제다에 머무는 동안 주말마다 가는 곳이라고 했다. 이곳의 주말은 사실상 목요일부터 시작이라 일주일의 절반이 주말인 셈이었다. 그곳은 내가 모르는 섬이라는 느낌이 전혀 들지 않고 마치 도보여행을 하다가 우연히 들른 남해안의 작은 마을 같았다.

그 섬에 머무는 동안 '킹 파드'를 두 번 만났다. 그는 키와 몸집이 컸으며 걸음이 느렸다. 왕은 내가 새로 온 사람인 것을 알아챘는지 이름을 물어보고 악수할 듯 손을 내밀었다. 이곳의 예법은 왕의 손에 입을 맞춘 후 그 손을 이마에 대는 것이다. 그런데 머리로만 알고 있었지 습관이 되어 있지 않던 나는 그만 적절한 타이밍을 놓치고 말았다. 다행히 왕은 내 서툰 행동이 나를 당황시키기 전에 간단하게 악수하는 것으로 마무리를 지었다. 내가 한국에서 온 '아이샤'라고 인사했을 때, 무뚝뚝한 표정이었지만 "Oh, Good"이라고 말하시더니 그 후로 나를 '아이샤 꾸리Aisha Coree(한국의 아이샤)'라고 부르셨다.

자질라에서 돌아오고 또 며칠이 지났지만 새로운 생활에 적응하기가 힘들었다. 우선 특별히 내가 할 일이 정해지지 않았다는 것이 불안했고, 정확한 날짜가 기억나지 않을 만큼 시간의 흐름에 무뎌지는 것도 썩 유쾌한 기분은 아니었다. 게다가 머물고 있는 별관 빌라는 너무 조용해서 오히려 정이 들지 않았다. 그래서 아침 일찍 버지를 찾아가기로 마음먹었다. 그녀에게 지금 묵고 있는 빌라가 너무 크고 무섭다고 말하면 왕비에게 곧 전해지리라는 계산이었다.

빌라 밖은 모든 것이 하얗게 바랜 듯한 사막의 8월이었다. 사람들이 품고 사는 눅눅한 외로움이나 그리움마저도 저 햇살 아래서는 바싹 마르다 못해 말라 죽을 것만 같았다. 인간적인, 아니 개인적이라 할 만한 감성들은 아무것도 남아날 것 같지 않은 기후였다.

사람 한 명, 작은 짐승 한 마리 보이지 않는 풍경 속으로 갑자기 어디서 나타났는지 새끼 도마뱀 한 마리가 빠르게 벽을 타고 지나갔다. 그 속도가 너무 빨라서 혹시 헛것을 보았나 싶을 정도였다. 도마뱀이 흔적도 없이 지나가고 나자, 움직이는 생명체는 한 가지도 살 수 없을 것 같은 풍경이 다시 시작되었다. 모든 것들이, 내 느린 걸음마저도 마치 신기루인 듯 아득했다.

왕궁 본관의 정문은 왕의 전용 문일지 모른다는 생각이 들어 뒤쪽으로 가서 지하로 통하는 길을 따라갔다. 가는 길에 소말리아에서 왔다고 했던 흑인 소녀 두 명을 만났다.

"사바할 카이르[good morning]!"

가볍게 볼 인사를 하고 버지의 숙소를 물은 후, 가르쳐 준 대로 간다는 게 남자들 숙소로 들어갈 뻔했다.

> 어쩌면 저 창문은 한 번도 열린 적이 없을지도 모른다. 창문 너머의 발코니 위에는 비둘기가 남기고 간 배설물이 까맣게 말라붙어 있다. 그 위로 굵은 모래먼지가 줄무늬처럼 쌓이다가 바람이 불어오면 소라 모양을 만들기도 한다. 강한 모래바람 때문에 하늘과 땅이 온통 시커멓다. 이곳 사람들이 산이라고 하는 것도 내가 보기엔 그냥 크게 떡 진 바위 같다. 산이라고 하기엔 너무나 거칠고 메마르기 때문이다. 벌써 강원도의 산들이 그립다.

일기를 쓰다 보니 날짜가 기억나지 않았다. 방에 달력이 없어서 대충 날짜를 세자 열흘이 지나 있었다. 그동안 특별하게 한 일이 없으니 그 열흘이란 숫자는 내가 한국말을 한 마디도 안 하고 지낸 시간을 나타낸다. '벌써 열흘이나 지났나?'와 '아직 열흘밖에 안 지났나?' 사이에서 마음도 덩달아 갈팡질팡했다.

날마다 꿈 많은 잠이 찾아왔다. 꿈속에서 나는 아이에게 젖을 먹이기도 하고, 급류를 타고 올라가다가 뒤쫓아 오는 사람에게 돌을 던져 맞히기도 한다. 아무 일도 일어나지 않고, 특별히 내가 해야 할 일도 없다는 것이 이토록 사람을 불안하게 한다는 것을 처음 알았다. 아마도 그런 낯선 불안감 때문에 이런 꿈을 반복해서 꾸는 모양이었다.

그래도 버지가 왕비에게 잘 말해 주었는지, 숙소를 별관의 빌라에서 본관으로 옮길 수 있었다. 본관으로 온 후로 많은 것이 좋아졌다. 조금 소란스럽기는 하지만 부모처럼 친절하게 대해 주는 '후지아'도 있고, TV 룸도 있었다.

숙소를 옮긴 다음 날, 필리핀에서 온 간호사인 '아미'가 자기가 캔 생강으로 만들었다면서 쿠키를 나눠 주었다. 맛보다도 그 마음 씀씀이가 뭉클해서 눈물이 날 뻔했다. 계속 낯설기만 하면 어쩌나 걱정했던 사람들과 조금씩 친해지면서 사람 사는 곳은 어디나 모두 비슷하다는 것을 느꼈다.

새 숙소에서는 밤마다 귀뚜라미 한 마리가 내 창가에서 울었다. 그 소리가 너무 좋아 마음이 편해지는데도 나는 잠을 이루지 못했다. 마치 누군가 왜 숙면을 못하냐고 물으면 귀뚜라미 소리 때문이라고 투덜 대려는 사람처럼…….

잠이 오지 않는 밤에는 하루밖에 쓰지 않은 침대 커버를 벗겨 세탁 하고 다림질까지 했다. 낮에는 하루 세 끼를 주방에서 날라다 먹고, 다른 사람들의 사소한 일들을 도와주면서 시간을 보냈다. 아직 내가 할 일이 확실하게 정해지지 않은 상태에서 이런 식으로라도 무료함을 줄일 수 있다는 것에 감사하기로 했다.

함께 지내는 다른 국적의, 다른 일을 하는 사람들과도 같은 무슬림 이라는 공통점이 만들어내는 유대감이 따스하게 전해질 때가 많았다. 하지만 그럼에도 불구하고 사람을 향한 그리움은 여전히 남아 있었다.

익숙한 내 모국어로 지난밤의 꿈 얘기를 하면 장난기 섞인 해몽을 해 주고, 누군가를 남몰래 사랑하는 얘기도 부끄럼 없이 할 수 있고, 이러이러한 사람과 결혼해서 그를 닮은 아이를 낳아 기르고 싶다거나, 꿈으로 남겨 둔 허황된 것에 대해 이야기해도 웃으며 맞장구쳐 줄 사람이 그리웠던 것이다. 어쩌면 그때의 상황에서 가장 불안했던 것은 아직 불분명한 내 자리가 아니라 그리움이란 이름으로 수시로 찾아오는 기억이었는지도 모른다. 시간이 흐르지 못하고 고여 있다가 마지못해 조금씩 흘러넘치고, 나는 그만큼씩만 내 삶을 살고 있다는 기분이 들었다.

그러던 어느 날, 전문적인 피부 관리와 물리치료를 배우게 하기 위해 나를 스위스로 보낼지도 모른다고 버지가 살짝 귀띔해 주었다.

왕실의 여자들과 할례

조하라 아브라함 왕비는 타고난 혈통이 왕족이 아니라 사우디의 '타이프'가 고향인 평민 출신으로 킹 파드의 마지막 부인이다. 그녀는 그 누구보다도 왕의 사랑을 듬뿍 받았다. '조하라'는 아랍어로 '보석'이란 뜻이다.

그녀는 여자라면 누구나 부러워할 복을 많이 가지고 있었는데, 무엇보다도 내가 그녀를 부러워한 이유는 자신의 친정 식구들을 모두 거둘 수 있는 능력과 마음 씀씀이 때문이었다. 그녀는 5남 3녀 중 둘째 딸이다. 파드 왕과 결혼한 후에 친정어머니는 물론 나머지 형제자매들까지 모두 왕실 가까운 곳에 모여서 다복하게 살고 있었다.

그녀는 피부가 거칠었지만 몸매와 얼굴은 환상적이라 할 만큼 아름다웠고, 엉덩이까지 오는 긴 머리채도 탐스러웠다. 늘 왕에게 순종하면서도 자신의 품위를 잃지 않는 여자였다. 하지만 그녀도 파드 왕과의 사이에서 난 외아들인 프린스 압둘아지즈에 대해서는 그저 평범한 엄마에 불과했다. 사우디에는 낙제 제도가 있는데, 왕자가 고등학생일 때 그가 낙제하지 않고 진급했다는 자랑을 하느라 하루 종일 전화하는 모습을 본 적도 있다.

왕비를 가까이에서 모시는 사람들 중에 내가 좋아하는 두 여자가 있다. 바로 '암나'와 '하지르' 자매다. 이들은 왕비가 결혼할 때 데려온 파키스탄계 사우디인이다. 왕비의 고향집 이웃에 살았는데, 말하자면 옛날 우리나라의 교전비와 비슷하게 왕비를 따라 왕궁으로 들어온 여자들이었다.

언니인 '암나'는 왕비가 아들을 낳자마자 바로 그 아들의 유모가 되었고, 동생 '하지르'는 차나 식사 시중을 드는 일을 하게 되었다. 자매였지만 두 사람은 생김새나 성향이 무척 달랐다. 나는 이 두 사람에게서 각각 사우디 여성들의 과거와 미래를 보는 느낌이 들 때가 많았다.

암나는 학교는 다녀서 뭐하냐면서 코란이나 열심히 읽다가 시집가면 된다고 생각하고 있었다. 그래서 늘 코란을 읽고, 기도하고, 일주일에 이틀은 단식을 했다. 그녀는 동생 하지르에 비해 키가 작고 뚱뚱한 편으로 온몸에 털이 많아서 항상 고민이었다. 가끔 그녀의 숙소에서 비명 소리가 들릴 때가 있는데, 그날은 그녀가 팔다리의 털을 제거하기 위해 레몬과 설탕을 넣고 끓인 것으로 왁싱을 하는 날이었다. 그녀는 왕자를 아주 성심성의껏 잘 보살폈다. 때문에 왕비가 왕실 밖에 사는 그녀의 가족을 위해 집을 사 주었다는 소문은 이미 누구나 다 아는 사실이었다.

그에 비해 몸매가 가냘프고 걸음걸이도 얌전하며 길고 검은 머리가 탐스러웠던 하지르는 왕비의 배려로 왕실에서 일하면서도 낮에는 학교에 다녔다. 심지어 왕실 가족이 멀리 떨어진 다른 궁으로 이동해 있을 때도 리야드에 있는 학교에 다니기 위해 비행기 통학을 할 정도였다.

또한 하지르는 내게 맨 처음으로 따스한 관심을 보여 준 사람이기도 했다. 사우디에 막 도착했을 때, 발목까지 덮이는 긴 치마를 미처 준비하지 못한 내가 마땅하게 입을 옷이 없어 당황하자 그녀는 평소에 아꼈을 것이 분명한 푸른 꽃무늬의 아름다운 드레스를 선뜻 내주었다.

그리고 도착 후 첫 한 달 동안 외출도 못하는 처지에 할 일이 결정되지 않아 마치 어미 잃은 새처럼 불안해할 때, 학교에 다녀오는 비행기 안에서 가져왔다며 영자 신문을 내 방에 살그머니 넣어 주기도 했다. 비록 모국어는 아니었지만 정신을 혼미하게 만드는 아랍어의 홍수 속에서 익사하기 직전이었던 나는 그나마 익숙한 영자 신문이 얼마나 반가웠는지 모른다. 무엇보다도 나를 생각해 준 그녀의 마음에 감동해서 한 달 동안의 낯설고 서러웠던 마음이 다 사라지는 기분이었다.

시간에 쫓겨 서둘러 학교에 가는 하지르를 볼 때마다 나는 그녀에게서 사우디 여자들의 미래를 보았다. 어쩌면 내가 좀 과장된 긍정의 의미를 부여한 것일 수도 있지만 그녀에게는 소위 우리가 팔자라고 말하는 것으로부터 벗어나겠다는 의지가 숨어 있는 게 보였다. 내가 이런 짐작을 확신이라 여기며 믿고 싶었던 것은 왕실에서 만난 다른 여자들 때문이기도 했다.

하와, 샤리파, 누라, 사라, 하난, 후지아, 파티마……. 그녀들은 내가 왕실에서 지내는 동안 외롭고 힘들 때마다 친구가 되어 주고 가족 같은 정을 나눠 주었다. 너무나 순수하고 착한 여자들이었지만 스스로

깰 수 없었던 관습에 묶여서 몸과 마음에 지울 수 없는 상처를 입고 살아가고 있었다. 나는 그들이 받은 상처가 어린 사우디 여자들에게 더 이상 반복되지 않는 것으로써 간접 보상이라도 받기를 바랐다. 그래서 설령 시간이 오래 걸리고 힘들더라도 하지르 같은 여자들이 그것을 해 줄 수 있다고 믿고 싶었다.

이들 중 파티마, 샤리파, 하와는 내가 왕궁에 있을 때 왕의 시녀들이었다. 그녀들은 모두 비슷한 외모를 가졌는데, 밝은 갈색의 피부에 키가 크고 덩치도 좋았다. 또한 그 외모만큼 성격도 시원시원했다. 반면 말수는 적어서 행여 내가 비밀 얘기를 해도 절대로 다른 사람에게 옮기지 않으리란 믿음이 가는 여자들이었다.

하난은 드물게 키가 작고 깡마르고 걸음이 빠르다 못해 다람쥐 같은 흑인이었다. 밥을 잘 안 먹고 항상 카흐와(커피)와 타므르(대추야자 열매)를 밥 삼아 먹었는데, 그러다가 정 배가 고프면 샤이(차)와 쿠브즈(빵)를 함께 먹기도 했다. 그녀가 하는 일이 왕이 볼 신문이나 잡지, 편지 등을 관리하는 것이라 그런지 하난은 날마다 신문을 탐독했다. 당연히 사우디 안팎의 소식은 물론 연예계의 최근 소식까지 두루두루 꿰고 있었고, 왕실의 일에도 가장 빠르고 정확한 소식통이었다. 하난은 신앙심이 깊은 사우디인이었는데, 그녀의 부모님은 메카에 살고 계셨다.

후지아는 그 누구보다도 착한 여자였다. 키가 크고 뚱뚱한 편이었는데 먹는 걸 즐기는 만큼 남에게 음식을 나눠 주는 것도 좋아했다. 늘 밝은 표정에다 잘 웃었고, 누구의 부탁도 거절하지 못하는 천성에, 겁도 많고 정도 많고 눈물도 많았다.

하난과 후지아는 샤이나 카흐와 한 잔, 쿠브즈 한 조각을 먹을 때도 절대로 혼자 먹지 않고 꼭 가까운 사람들을 다 불러서 나눠 먹었다. 어릴 때 흥얼거리며 불렀던 노래처럼 정말 '이웃끼리 콩 한쪽도 나눠 먹자'를 실천하는 사람들이었다.

우리의 생활은 따로 미리 정해진 계획에 의해 움직이는 게 아니라 왕의 생활 패턴이나 일정을 따라가야 했다. 왕은 주로 야행성이었다. 그래서 동이 틀 때까지 왕이 잠자리에 들지 않거나 어쩌다 너무 일찍이라고 할 수 있는 새벽 3시쯤에 잠자리에 들 때, 혹은 혼자서 해외에 나가 왕실에 안 계신 날이면 우리끼리 모여 밤새 놀기도 했다. 맛있는 음식도 해 먹고 엉덩이에 스카프를 두르고 배꼽춤을 추며 즐겁게 놀았다. 그때 음식 중에서 아직도 기억에 남는 것은 간단하게 만들어 먹던 스파게티다.

왕이 없을 때는 우리는 물론 왕비까지도 잠옷처럼 헐렁하고 편한 원피스를 입고 지냈다. 그렇게 편한 옷차림으로 모여서 스파게티 면을 30인분쯤 삶고 토마토소스를 만든 후, 바닥에 알루미늄 호일을 아주 넓게 깔고 그 위에 면과 소스를 부었다. 그리고 왕실에 있는 여자들이 거의 다 모여 둥그렇게 앉아서 마치 '캅사Kapsa(쌀과 양고기로 만든 사우디아라비아의 전통 음식)'를 먹듯 스파게티를 먹었다. 정말 맛있었다.

그러다 음식이나 놀이에도 지치면 자연스레 수다로 이어졌다. 모두가 젊은 여자들이다 보니 미래에 대한 이야기가 많았고 그중 결혼은 빠질 수 없는 주제였다. 그런데 웃고 떠들며 별별 얘기를 다 하다가도 내가 결혼 얘기만 하면 금세 얼굴이 창백해졌다.

"아이샤, 우린 첫날밤이 너무 무서워!"

파티마가 말을 꺼내자 모두들 이구동성으로 "나도, 나도"라고 말했다. 난 그들의 걱정이 처녀가 갖는 단순한 두려움이라 생각해서 덩달아 얼굴이 좀 붉어졌지만 한껏 유쾌한 목소리로 대답했다.

"무섭기는 하겠지! 나도 그래. 하지만 그렇다고 그렇게 사색이 될 정도로 두려워할 필요는 없잖아. 누구나 다 겪는 자연스러운 일인데."

"그게 아니야, 아이샤……."

말을 이어가는 파티마의 표정이 금방이라도 울 듯했다. 그제야 어렴풋이 그들만의 사정이 있다는 것을 깨달았다.

"뭐야, 왜 그래? 내가 모르는 무슨 이유가 있는 거야?"

"아이샤, 우린 모두 할례를 받은 여자들이야."

"할례? 지금 할례라고 그랬어? 유태인의 남자아이들이 어릴 때 받는 포경수술을 말하는 거야? 그건 남자들만 하는 거잖아. 근데 너희가 무슨 할례를 받았다는 거야?"

나는 너무 놀라기도 했지만 얘들이 지금 무슨 소리를 하나 싶었다.

"중동에선 여자들도 할례를 받아. 주로 다섯 살에서 아홉 살 무렵에 받지."

"파티마, 나는 이해가 안 돼. 어떻게 여자한테 할례를 한다는 거야? 남자하고는 생식 구조부터가 다른데……. 남자들의 포경수술은 이해하겠어. 그런데 여자한테? 도대체 어떻게?"

잠시 침묵이 흐르는 가운데 마음 약한 사라가 훌쩍거렸다. 파티마가 어렵게 말을 이었다.

"여자들의 할례는 그곳을 모두 꿰매는 거야. 겨우 소변을 볼 수 있을 만큼의 구멍만 남겨 두고……."

나는 너무 놀라서 뭐라고 말을 이을 수가 없었다.

"그런데 정작 더 끔찍한 건 첫날밤에 신랑이 제 힘으로 막힌 구멍을 다 열지 못하면 친구들까지 동원해서 며칠 동안 계속 첫날밤을 치러야 한다는 거야. 그러고 나서 피로 물든 시트를 봐야 친정엄마는 집으로 돌아가지. 그렇게 첫날밤을 치른 신부 중에는 한 달 정도 일어나지도 못하고 누워서 앓는 사람도 있대. 그래서 결혼이 정해지면 그때부터 딸과 엄마는 서로 부둥켜안고 여러 날 동안 울고 또 울지……."

그때까지 담담한 표정으로 있던 하난이 말했다.

"요새는 정말 드물게 자기 아내를 병원으로 데려가서 수술을 받게 하는 신랑도 있대. 난 꼭 그런 사람을 만날 거야!"

"하지만 그런 사람이 내게 오는 축복을 주실까……."

나는 슬픈 표정으로 중얼거리는 파티마의 얼굴을 똑바로 쳐다볼 수가 없었다. 내가 더 이상 참을 수가 없어서 소리 내 울자 모두들 오히려 나를 위로하듯 안아 주었다. 그러다 결국 모두 부둥켜안고 울고 말았다.

나에게는 난생처음 듣는, 정말 믿어지지 않고 믿고 싶지도 않은 일이었지만 모두 사실이었다. 모든 종교가 절대적, 혹은 상대적인 결함을 갖고 있겠지만 종교적 순결을 빌미로 그런 비인간적인 행동을 하다니 뭐라 표현할 수 없는 분노와 두려움과 슬픔이 뒤범벅돼서 가슴이 두근거렸다.

결국은 남자가 만든, 남자만을 위한 끔찍한 관습이 아닌가. 지금 중동 쪽에서는 여자들의 할례가 법으로 금지되어 있지만 아직도 전통이란 이름으로 빈번히 행해지고 있다. 특히 아프리카 쪽은 법의 보호망이 전통이나 관습보다 한참이나 멀다고 한다. 우리와 다르다는 이유만으로 다른 민족의 전통이나 종교에 대해서 비판하는 것은 현명한 일이 아니지만, 그것이 종교의 탈을 쓴 비인간적인 행위라면 당연히 비난받아야 하고 그것을 없애기 위해 싸워야 한다. 아랍의 여자들이 전통이나 관습이란 말에 눌려서 부당하고 비인간적인 것을 운명으로 받아들이는 일은 더 이상 없어야 한다.

사실 그때까지 내가 만난 대부분의 아랍 여자들의 삶은 너무나 단순했다. 먹고 자는 일이 하루의 대부분을 차지하는 것 같았다. 그들의 기쁨은 잘 먹고 잘 자고 자식을 낳는 일이 전부였다. 이런 삶에도 자신만을 위한 의미가 있을까 싶다가도, '인생에서 과연 그런 근원적인 일을 소홀히 할 만큼 거창한 일이 또 있을까'라는 생각도 했다. 하지만 개인의 선택이 아닌 사회적인 관습이나 강압에 의해 그렇게 산다면 행복은 젖혀 두고라도 인간적이라고 할 수는 없을 것이다.

갑자기 머리가 혼란스러웠다. 여자들이 더 배우고 노력하면 언젠가는 변할 거라고 확신하다가도 오랜 세월 동안 남자들이 쌓아 놓은 벽이 너무 견고하고 높아서 그녀들이 과연 그 벽을 넘거나 부술 수 있을까, 하는 걱정이 들었기 때문이다. 하지만 세상은 계속 변하고 있고, 여자가 변하는 만큼 남자들도 변할 것이다. 당장 눈에 보이는 결과가 없다 해도 일단 옳은 쪽을 바라보며 첫걸음을 옮길 준비를 하는 것에서부터 모든 변화가 시작된다고 믿는다.

현재는 많은 아랍 국가들이 여자를 억압하던 관습의 틀에서 조금씩 벗어나고 있다. 하지만 사우디의 여자들에게는 아직도 사회적인 제약이 많다. 여자에게는 운전을 허용하지 않고, 여행객이라 할지라도 호텔 내부에서 트레이닝복 같은 것을 입고 다니는 것도 자유롭지 못하다. 혼자서는 거리를 돌아다닐 수도 없다. 그나마 남자를 따라 상가나 쇼핑몰에 온 여자들도 새까만 아바야로 온몸을 둘둘 감고 눈만 내놓고 다닌다. 하다못해 맥도날드에 가서 햄버거 하나를 먹으려고 해도 여자이기 때문에 칸막이가 있는 '패밀리 룸'으로 가서 먹어야 한다. 대학에 다닐 때도 아바야를 입고 다녀야 한다. 사우디의 많은 여학생들이 남학생보다 똑똑하지만, 젊고 예쁜 그 아이들은 이렇게 공부해도 어느 날 아버지가 정해 놓은 사람과 결혼해서 아이 낳는 여자로 전락할 것이라고 슬퍼한다.

모든 것이 한꺼번에 다 변할 수는 없을 것이다. 하지만 아무것도 시도하지 않고 그냥 체념하기보다는 뭔가 다른 삶을 꿈꾸며 변화를 시도하는 '하지르' 같은 여자들로 인해 언젠가는 사우디도 변할 것이란 희망을 가져 본다.

학교에 늦을까 봐 허둥대며 뛰어 나가는 하지르의 뒷모습이 햇살보다 환했다.

물리치료를 배우러 유럽으로 떠나다

사우디에 온 지 한 달 정도 지난 어느 날 밤, 지금 당장 유럽으로 갈 준비를 하라는 지시가 떨어졌다. 부랴부랴 간단하게 짐을 꾸렸다. 비행장으로 가 보니 왕의 처남인 셰이크 칼리드 아브라함의 전용기가 떠날 준비를 하고 있었다. 일행은 왕의 장모인 하야, 처남 칼리드, 그리고 여동생 무디였다.

비행기에 타고서야 일정을 대충 들었는데 유럽의 여러 도시를 도는 꽤 긴 여행이었다. 내가 이 여행에 동참하게 된 이유는 유럽에서 물리치료와 마사지를 배워 와야 하기 때문이라고 했다. 문득 얼마 전에 버지가 귀띔해 준 말이 떠올랐다. 특히 내가 집중적으로 배워야 할 것은 왕의 치료와 관리를 위한 기술이었다.

왕은 무릎 연골이 거의 남아 있지 않을 정도로 닳아서 통증이 심했다. 당연히 무릎을 굽히기가 어려웠고, 오래 서 있거나 걷는 일조차도 무척 힘들어 했다. 그래서 수술을 할 예정인데, 수술 후의 치료 과정에서 필요한 근육 마사지와 물리치료를 배워 왕에게 해 드리는 게 내 일이었다. 더불어 왕에게 맞는 다이어트 플랜도 배워야 했다. 현재 130kg인 왕의 몸무게를 90kg 정도로 낮추어야만 수술 후의 치료가 효과적일 수 있으니 수술 전에 다이어트를 먼저 실시해야 한다는 의사의 권유가 있었기 때문이다.

파드 왕은 평소에도 야행성인데다 특히 중요한 일이 생기면 아예 낮밤이 바뀐 생활을 했다. 그래서인지 눈 밑의 다크서클이 심했다. 더구나 텔레비전 방송에 자주 출현했던 그는 국민들에게 건강한 얼굴을 보여 주는 것도 왕의 의무 중 하나라고 생각했다. 그래야 국민들이 나쁜 추측을 하며 걱정하지 않는다는 것이다. 때문에 물리치료와 함께 얼굴 마사지도 함께 배워야 했다.

나는 유럽의 여러 나라에 도착할 때마다 왕의 처남인 셰이크 칼리드('셰이크'는 영국의 '경'과 같은 호칭이다)가 미리 준비해 둔 일정에 따라서 물리치료와 피부 관리를 배웠다. 내가 주로 다녔던 데는 세계의 유명인들이 정기적으로 치료와 관리를 받으러 오는 곳이었다. 왕실은 그곳에서 사용하는 기계들을 구입해 설치할 계획이었기 때문에 일단 그 사용법을 먼저 익혀야 했다. 그러고 나서 기계가 할 수 없는, 꼭 사람의 손으로 해야 하는 마사지를 따로 배우기로 했다. 물리치료나 마사지를 배우면서 그것을 받았을 때 어떤 느낌이고 어떤 효과가 있는지 알기 위해 내가 직접 치료를 받아 보기도 했다. 제대로 배워 가기에는 짧은 시간이었기에 꽤 바쁜 날들을 보내고 있던 중 왕비의 전화를 받았다.

"아이샤, 잘 배우고 있니?"

"네, 왕비님. 잘 배우고 있어요."

"언제쯤 끝날 것 같아? 빨리 끝내면 일행들보다 먼저 돌아오면 좋겠는데…….”

"열심히 하고는 있는데 여행 일정보다 빨리 끝내기는 어려울 것 같아요. 만약 시험을 봐서 올 A를 받아야 끝나는 거라면 밤을 새워서라도 공부하겠는데, 이건 시간을 두고 익혀야 하는 기술도 있어서 제 의욕만 갖고 되는 일은 아닌 것 같습니다."

내 말이 끝나자 왕비는 소리 내 웃으며 말했다.

"아이샤, 학생 때 공부 잘했나 보구나. 무슨 소리인지는 알겠는데 그래도 될 수 있으면 빨리 돌아오도록 해봐라."

"네, 노력해보겠습니다."

왕비는 내가 새롭게 배우는 것들을 하루라도 빨리 왕에게 해 드리고 싶어서 나를 재촉했다. 하지만 급하다고 해서 적당히 넘어갈 수는 없었다. 기계만 사용해서 물리치료를 하는 거라면 그 사용법을 익히면 그만이지만, 손으로 직접 마사지해야 하는 부분도 많았기 때문이다. 또 아무리 기계로 한다 해도 그것을 왕의 피부에 직접 부착하는 일인데다 강도를 다르게 할 때마다 변화가 꽤 심하고 세밀해서 매번 긴장감으로 손바닥에 땀이 날 정도였다.

나중에 왕실로 돌아와서도 얼음 기둥처럼 차가운 왕의 다리에 혈액순환을 돕기 위해, 혹은 근육을 풀어 주거나 강화하기 위해서 기계를 사용할 때마다 항상 긴장했다. 강도가 올라갈수록 혹시라도 잘못해서 전기 쇼크라도 받을까 봐 천천히 스위치를 돌리는 내 손은 늘 지뢰밭을 지나는 것처럼 진땀이 났다.

무엇보다도 가장 어려운 것은 기계로 하는 치료가 끝난 다음에 손으로 해야 하는 마사지였다. 나를 가르친 전문가들이 공통으로 하는 말 중의 하나가 사람의 몸을 악기 다루듯 해야 한다는 것이었다. 그리고 마사지를 하는 손은 사람의 몸 위에서 마치 왈츠를 추듯 해야 한다면서, 사실은 손을 쓰는 게 아니라 온몸으로 하는 것이라고 했다. 또한 전신 마사지를 할 때는 사람 몸의 부위마다 다른 근육의 방향을 제대로 파악해서 그 방향대로 손을 움직여야 한다고 강조했다.

단기간에 많은 것을 배우려니 더 그랬지만 배울수록 점점 더 어려웠고, 마사지라는 게 결국은 내 몸에 있는 기를 빼서 아픈 사람에게 넣어 주는 일이라는 생각마저 들었다.

스페인에서 날 가르쳤던 여자는 임신 8개월이었다. 풍선처럼 부푼 배로 일하는 게 측은해 보였는데 좀 친해진 후에야 알게 된 사실이 있었다. 그녀는 남편이 은행원이라 굳이 자기가 일하지 않아도 되지만 이 일이 너무 좋아서 포기할 수가 없다고 했다. 이 일을 하는 동안에는 모든 잡념으로부터 벗어날 수 있다면서, 그 어떤 일도 자신에게 이만큼의 몰입과 만족을 준 적이 없다고 했다.

스위스의 몽트뢰^{Montreux}에서는 키가 작고 다부지게 생긴 중국 여자가 날 가르쳤다. 자기는 2년 동안 전문학교를 다닌 후에 지금까지 15년 동안 이 일을 하고 있는데 그것을 일주일 안에 나에게 가르쳐 주는 건 불가능하다면서 다소 퉁명스러운 표정을 지었다. 그녀의 말에 공감하면서도 그렇다고 저렇게까지 정색을 하고 말할 건 뭐가 있을까 싶었다. 어쩐지 그녀에게서 치료를 받는 사람들은 별로 효과를 못 볼 것 같은 엉뚱한 생각마저 들었다.

스위스의 브베^{Vevey}에서는 소냐라는 아름다운 여자를 만났다. 그녀는 늘 내게 붙어 있는 긴장과 걱정을 잠시나마 잊게 해 주었다. 나는 그녀와 헤어지면서 당신과 함께했던 시간은 도넛과 커피 같았다고 인사했다. 그녀는 활짝 웃었다. 물리치료와 마사지를 배우면 배울수록, 이 일은 기술적인 면 외에도 자신이 갖고 있는 건강하고 좋은 기운을 나눠 줄 수 있어야 치료에도 도움이 될 거라는 확신이 들었다.

그리고 몽트뢰에 머무는 동안 이사벨이라는 여자를 만났다. 그녀는 프랑스 사람으로 화장품을 만드는 회사인 라프레리^{La Prairie} 소속이었다. 그녀에게서 배운 얼굴 마사지법은 꽤 인상적이었다. 그녀는 나에게 다리를 구부려 무릎을 세우라고 하더니, 내 무릎을 얼굴이라 생각하고 마사지 연습을 하라고 했다. 여기는 이마, 여기는 눈, 여기는 코라고 설명하는데 정말 내 무릎이 사람의 얼굴처럼 보였다.

친절하고 다정하면서도 자기 일에 대한 확신이 뚜렷했던 이사벨은 어느 날 왕의 장모가 예정에도 없던 네일 케어를 부탁하자 그 자리에서 거절했다.

"왜 안 된다는 거죠? 당신은 내가 이곳에 머무는 동안 내가 필요할 때 일해 주기로 하지 않았나요? 그것도 꽤 많은 돈을 받고서?"

하야가 차분하지만 분명 기분이 나쁜 말투로 그녀에게 말했다.

"네. 그래야 하는 건 알아요. 하지만 네일 케어는 내일 하셔도 되지만 전 지금 아주 중요한 일이 있거든요."

"그게 무슨 일이죠?"

"프랑스에 있는 남자 친구가 오늘 절 만나러 여기 오기로 했어요. 만약 제가 당신에게 네일 케어를 해 드리고 간다면 기차 도착 시간에 조금 늦을지도 몰라요. 전 제 남자 친구가 기차역에 도착했을 때, 미리 나가서 그를 기다린 모습으로 반갑게 맞아 주고 싶거든요. 지금 제게 이것보다 더 중요한 일은 없습니다. 죄송합니다."

자기 일뿐만 아니라 살아가는 방식이나 대인관계에서도 솔직하고 당당한 그녀가 마음에 들었다. 이사벨은 나 또한 그녀처럼 매순간 내가 가장 원하는 것이 무엇인지 알아채고 그것을 행동으로 옮기는 삶을 살고 싶다는 걸 잊지 않게 해 주었다. 비록 지금은 그렇게 살 수 없다 할지라도 말이다.

나는 50여 일 동안 스위스의 브베와 몽트뢰, 오스트리아의 셀즈버그와 빈, 독일의 뮌헨, 스페인의 마드리드, 프랑스의 마르세유와 칸 등을 돌아다니며 소위 유명하고 잘한다는 곳에서 개인 교습으로 물리치료와 마사지 요법을 배워 사우디로 돌아갔다. 그리고 나는 한국으로 다시 돌아오는 날까지 파드 왕과 조하라 왕비, 두 사람의 몸과 얼굴을 주무르는 사람이 되었다.

왕실의 두 할머니

　지금 생각해도 아찔하면서 웃음이 나오는 일이 있었다. 유럽에서 돌아와 처음으로 왕의 얼굴 마사지를 할 때였다. 왕은 그날 저녁 TV에 출현하기로 되어 있었다. 내 딴에는 처음이니까 특별히 더 잘해야 한다는 생각에 보통 사용하는 거즈가 아니라 면 솜을 가지고 들어갔다. 면 솜이 더 부드럽고 잘 닦일 것 같아서였다.

　꼼꼼하게 왕의 얼굴을 마사지한 다음에 면 솜으로 닦아내는데 왕의 수염에 면 솜이 자꾸 달라붙었다. 떼어내려고 닦으면 닦을수록 점점 더 심해져서 나중에는 마치 왕의 수염이 솜뭉치를 뿌려 놓은 크리스마스트리 같았다.

　궁리 끝에 손끝으로 조심조심 솜 가닥을 하나씩 떼어냈다. 하지만 방송을 위해서 출발하기로 한 시간은 점점 다가오고, 혹시라도 왕이 이상한 눈치를 채실까 봐 진땀이 나며 속이 바작바작 탔다. 다행히 제

시간 안에 모두 수습하고 마사지를 끝냈다. 내 속도 모르는 왕은 거울을 보더니 흡족한 표정을 지으며 수고했다고 하셨다. 이렇게 방송에 출현할 때나 국빈 등 손님이 오실 때마다 미리 얼굴 마사지를 해 드렸다. 왕의 다리에 기계를 부착해서 물리치료와 마사지를 해 드리는 것은 거의 매일 아침마다 하는 일이었다.

왕은 다리가 한결 편해졌다고 했지만 그것은 겉으로 티가 안 나는 일이라 당신 혼자만 아는 변화였다. 하지만 얼굴 마사지는 받는 횟수가 늘어날수록 혈색이나 피부가 눈에 띄게 좋아져서 주변에 있는 사람들이 거의 다 알아볼 정도였다. 내게는 너무 기분 좋은 결과라서 매번 정성을 들여 물리치료와 마사지를 해 드렸는데, 정작 내 얼굴은 여드름으로 엉망이 되어가고 있었다. 처방받은 약도 듣지 않았다. 그러던 어느 날, 마사지를 끝내고 기계 정리를 하는데 왕께서 내게 연고를 하나 주셨다.

"아이샤, 여드름 때문에 얼굴이 미워졌구나. 이거 한번 발라 봐라. 내가 쓰던 건데 피부에 뭐 났을 때 바르니까 잘 듣더라."

약보다도 신경 써 주시는 게 고마워서 인사를 드리고 기분 좋게 받아왔다. 그래도 막상 바르려고 하니 다른 부위도 아니고 얼굴이라 무슨 약인지 확인해봐야 할 것 같았다. 그 약을 들고 왕실 클리닉으로 가서 물어보았더니 여드름 치료제는 아니지만 발라도 큰 상관은 없다면서, 혹시 왕의 자상함 때문에 효과가 있을지도 모르니 발라 보라는 농담을 했다.

그날부터 날마다 세수를 하고 나면 그 약을 꼼꼼하게 발랐다. 낫지도 않고 덧나지도 않았지만 '여드름 같은 건 상관없어!'라는 기분이었다. 부모처럼 마음 써 주는 왕의 자상함이 그저 좋았기 때문이다. 어느 날에는 약을 바르다가 문득, 엄마가 보셨다면 '그거 시집가야 낫는 병인데 약은 뭐 하러 발라?'라고 하셨을 것 같아 혼자 깔깔대며 웃기도 했다.

어쨌든 물리치료와 마사지를 받으신 왕과 왕비가 흡족해 한다는 소문이 나서 속으로 좀 우쭐했는데 사실은 이게 나를 더 피곤하게 만들고 말았다. 바로 왕의 고모인 '아미라 셰이카'와 왕비의 어머니인 '하야 아브라함' 때문이었다.

왕비의 친정어머니인 하야 아브라함은 아예 담당 의사까지 물리고 나를 하루에 두 번씩 부를 때도 있었다. 그런데 그녀는 천식과 에어컨 알레르기가 있었다. 이 더운 사막의 나라에서 돈이 없는 것도 아니고 당신 딸이 왕비인데도 에어컨을 틀지 못했다. 그녀의 방에 가서 마사지를 할 때면 옷이 땀에 흠뻑 젖고 얼굴까지 삶은 가재 등허리처럼 붉어지곤 했다. 그녀에게 마사지를 해 줄 때마다 너무 덥고 힘들어서 속으로 투덜대기도 했지만, 두어 시간쯤 그렇게 땀을 빼고 내 숙소로 돌아와 샤워를 하고 나면 가뿐하고 기분이 상쾌했다. 아마도 늘 냉방이 완벽하게 되는 공간에서 큰 움직임 없이 살았기 때문에 오히려 몸을 움직여 흘린 땀이 약이 되는 듯싶었다. 또한 그녀는 늘 자상하고 친절한 편이라 몸은 좀 힘들어도 그녀에게 가는 일이 그리 나쁘진 않았다.

그리고 또 한 사람의 왕실 할머니, 아미라 셰이카. 이 할머니는 몸이 아니라 마음을 열 받게 하는 사람이었다. 그녀를 처음 만나기 전에 그녀의 신상에 대해 말해 준 사람은 하난이었다. 어느 날 이른 아침, 하난이 내 방으로 찾아왔다.

"아침 일찍 무슨 일이야?"

"아이샤! 너 아무래도 아미라 셰이카한테 가야 할 것 같으니까 미리 마음의 준비를 하고 있어."

"응? 아미라 셰이카가 누구야? 그리고 왜 마음의 준비를 해야 돼?"

"따지자면 왕의 고모뻘 되는 분인데 요즘 몸이 너무 안 좋아 병원에 가도 별 차도가 없다면서 왕에게 하소연을 했대. 그러면서 소문에 들자니 왕실에 유럽 여러 나라에서 물리치료를 배워 온 솜씨 좋은 한국 여자가 있다던데 좀 보내 주면 안 되겠냐고 했다는 거야. 왕은 나이 많은 여자 친척들한테 잘하잖아. 아마 분명히 널 보낼 거야. 그런데 혼자 사는 아미라 셰이카는 의심이 많아서 하인들이 음식이나 물을 가져오면 자기가 보는 앞에서 먼저 먹어 보게 한다나 봐. 그것만 봐도 얼마나 까다로운 사람인지 알겠지? 너처럼 예민한 애는 잘못하면 마음의 상처를 입는다고. 그래서 내가 미리 알려 주는 거야."

"그런데 왜 혼자 살아? 결혼 안 했어?"

"결혼을 한 번 하긴 했는데 남편이 담배 피운다는 걸 알고는 그다음 날로 이혼하자고 했다나 봐. 암튼 대단한 할머니야. 그렇게 이혼하고 나서 평생 혼자 산대."

사우디의 남자들은 법적으로 네 명의 아내까지 둘 수 있다. 그리고 이혼은 합의나 재판을 거치는 게 아니라 세 번의 이혼 '통보'로 이루어진다. 그런데 그녀는 이혼을 당한 게 아니라 자신이 이혼을 통보했다. 그 얘기를 듣자 사우디 남자들이 공주와 결혼하는 것을 싫어한다는 항간에 떠도는 말이 사실이겠다는 생각이 들었다. 남성 우월주의가 극에 달해 있는 사우디에서 자신의 아내를 공주님으로 모시고 살고 싶은 남자는 별로 없을 테니 말이다. 그녀의 성격이 대충 짐작됐다.

"아이샤, 너 거기 가면 큰 선물을 받을지도 몰라. 왕이 특별히 보내주는 거잖아. 혹시 선물 받고서도 나 모르는 척하면 안 돼! 내가 미리 알려 줬으니까!"

다음 날 저녁, 하난의 예상대로 왕이 부르더니 지금 바로 아미라 셰이카한테 가라고 했다. 나는 평소에 왕에게 가장 많이 사용하는 물리치료기를 챙겨서 미리 준비해 둔 차를 타고 그녀의 집으로 갔다.

2층으로 된 넓은 집에는 나이 많은 집사와 동양인 가정부가, 척 보기에도 하기 싫은 심부름을 하는 심통 난 아이 같은 표정으로 오가고 있었다. 집사에게 안내되어 만난 아미라 셰이카는 작은 키에 마른 몸매, 그리고 고양이처럼 높고 공격적인 목소리를 가진 여자였다.

아미라 셰이카가 나를 관찰하는 동안 집사가 물을 가져왔는데 정말 그녀는 집사에게 물을 먼저 먹어 보라고 했다. 하난에게 들은 말이 생각나서 속으로 웃었다. 이렇게 많은 부를 가진 사람이 물 한 잔에도 자유롭지 못하고 스스로 만든 감옥 속에서 살고 있다니 측은한 생각마저 들었다. 물리치료를 해 주려면 그녀가 누울 만한 매트가 있어야 하는데 미처 준비가 안 된 상태라 침대 위에 두꺼운 타월을 깔고 General-5 마사지 기계를 설치했다. 나를 빤히 쳐다보던 그녀가 물었다.

"손은 씻고 왔니?"

"네, 물론 씻고 왔지요."

"비누로 씻었어?"

나는 그 질문이 좀 어이가 없었지만 살짝 웃으며 공손하게 대답했다.

"비누 거품도 아주 잔뜩 내서 싹싹 닦고 왔습니다."

"그래도 한 번 더 씻는 게 어떨까?"

속으로는 뭐 이런 할머니가 다 있나 싶었지만 아무래도 내가 다시 손을 씻기 전까지는 이 유치한 대화가 끝날 것 같지 않았다. 그녀가 하라는 대로 다시 손을 씻고 와서 치료를 시작했다. 치료를 하는 동안 그녀는 또 질문을 했다.

"너, 킹 파드가 이름을 다시 지어 주겠다는데 싫다고 했다며?"

나는 그녀가 이 사실을 알고 있는 데 깜짝 놀라면서도 내색하지 않고, 지금 쓰고 있는 '아이샤'라는 이름이 좋아서 다른 이름은 필요하지 않다고 말했다.

"그래도 그렇지. 왕이 이름을 지어 주겠다는데 싫다고 거절하는 사람은 이 사우디에서 아마 너밖에 없을 거다."

나를 아주 맹랑한 계집애 대하듯 쳐다보는 눈길이 기분 나빴지만 못 본 척하고 1시간쯤 걸리는 치료를 모두 끝냈다. 내가 기계를 정리하는 동안 그녀는 집사를 다시 부르더니 타이프에서 온 포도를 한 상자 가져오라고 했다. 그녀는 그 포도를 내게 주면서 사우디에서 나오는 포도 중에 가장 맛있는 거라며 선심 쓰듯 말했다. 나는 그 자리를 빨리 벗어나려고 얼른 포도를 받아들며 감사하다는 인사를 했지만 기분이 썩 좋진 않았다. 왕실에는 포도는 물론 타이프에서 온 최고 품질의 과일들이 얼마나 흔한지 썩어서 버리는 것만으로도 쓰레기통이 넘칠 지경이었다. 평소에 왕실에서 버려지는 음식이나 과일을 볼 때마다 한국의 식구들 생각을 안 할 수가 없었다. 이곳은 모든 물질적인 것이 너무 풍족해서 제 가치를 잃을 때가 많았다. 풍요도 때로는 흉이 된다는 걸 알았다.

아마도 그녀는 내가 물리치료와 마사지 효과 때문에 왕에게 좀 특별한 대우를 받고 있다고 여기는 듯했다. 그래서 아무리 그렇다 해도 너는 단지 언제든 다른 사람으로 대체될 수 있는 고용인이자 외국인이라는 것을 확인시키려고 나를 부른 건지도 모른단 생각이 들었다. 기분은 씁쓸했지만 내가 이곳에서의 생활을 잘 지탱해 가려면 이 불편한 진실을 받아들여야 한다는 것을 깨달았다.

왕실로 돌아와 왕비에게 작은 포도 상자를 보여 주며 아미라 셰이카가 준 선물이라고 하자, 왕비는 재미있다는 듯 웃으면서 그녀답다고 말했다. 그런데 정작 하난은 나를 볼 때마다 아무래도 다이아몬드 반지라도 하나 받고서 시침 떼는 것 같다며 빨리 실토하라고 귀찮게 굴었다. 처음에는 장난이려니 했는데 점점 더 농담만은 아닌 것 같아서 이상했다. 그런데 알고 봤더니, 아미라 셰이카가 왕에게 전화해서 병원보다 훨씬 낫다는 칭찬을 많이 했다고 한다.

어느 날 여럿이 모여서 과일을 먹다가, 내가 아무렇지도 않은 얼굴로 포도를 한 알 떼어 하난에게 주면서 "자, 다이아몬드 먹어!"라고 했다. 그러자 다른 사람들은 이게 뭔 소린가 하는 표정인데 하난만 뒤로 넘어갈 듯 웃었다. 그녀가 얼마나 재밌어 하든지 한동안 포도만 봐도 저절로 웃음을 터뜨릴 정도였다.

어쨌든 나는 그해 7월, 한 달 내내 아미라 셰이카의 집으로 가야 했다. 그 집을 드나들면서 그녀에게 조금씩 익숙해지자 어쩌면 그녀의 신체적 고통은 마음에서 비롯되는 것인지도 모르겠다는 생각이 들었다. 인간은 물질적 풍요만으로는 절대로 행복할 수 없다는 지극히 교과서적이고 케케묵은 말을 자꾸 떠올리게 하는 사람이었다.

삶은 결코 공평하지 않다. 단적인 예로 어떤 사람들은 신선한 제철 과일 하나를 먹는 일도 쉽지 않은데, 또 어떤 사람들은 그런 것들이 무더기로 썩어 나가도 아까운 줄조차 모른다. 하지만 각자가 지니고 사는, 눈에 보이지도 않고 측정할 수도 없는 만족이나 즐거움을 짚어 본다면 어쩌면 삶은 또 공평한 것일지도 모른다.

아미라 셰이카가 여행을 떠난다며 내일부터는 오지 않아도 된다는 연락을 받았던 날 밤, 사막 위로 떠오른 달이 꼭 붉은 감 씨 같았다.

살다 보면 붉은색이 유난히 뭉클하게 다가오는 시간이 있다. 고향의 감나무가 그랬다. 잎을 다 떨군 후에도 등을 켠 듯, 붉은 감을 매달고 섰던 감나무가 슬프도록 아름답게 보였던 어느 늦가을 아침에 나는 초경을 치렀다.

아무래도 오늘은 가지가 휘도록 감이 열리던 고향 집의 감나무들과 짚 속에 묻어 둔 겨울 홍시를 깊은 광에서 꺼내다 남포등 아래에 놓아 주시던 아버지의 꿈을 꿀 것만 같다. 한 입 베어 물면 이가 시리도록 차고 달았던 그 홍시의 맛이 떠올라 금세 입안 가득 침이 고여 왔다. 아, 나는 참 멀리도 떠나왔구나.

성지순례

조하라 왕비가 하지^{haji} 준비를 시작할 거라는 소식이 전해지자 왕실에서 일하는 여자들은 너나없이 마음이 들뜨기 시작했다.

하지는 '성지순례'를 뜻한다. 이슬람력으로 12월 8일 '미나'에서 밤을 새우는 것을 시작으로 12일까지 4박 5일 동안 메카의 성지를 순례하며 종교적 의례에 참가하는 일이다. 하지는 이슬람교도의 5대 의무인 신앙고백^{Shahada}, 하루 다섯 번의 예배^{Salat}, 구제^{Zakat}, 라마단 금식^{Saum}, 성지순례^{Hajj} 중의 하나로, 무슬림들은 적어도 일생에 한 번은 참가해야 한다고 믿는다. 하지만 금전적인 문제 때문에 어떤 이들에게는 평생의 소원으로 남는 쉽지 않은 일이기도 하다.

그런데 왕비가 하지를 가면 왕실에서 일하는 여자들을 데려가기 때문에 모두들 기쁨에 들뜰 수밖에 없었다. 더구나 왕비가 해마다 성지순례를 가거나 미리 계획을 세워 놓는 것이 아니기에, 자신이 왕실에

70

서 일하는 동안 왕비를 따라 성지순례를 갈 수 있는 것은 큰 행운이기도 했다. 실제로 내가 사우디에 머물렀던 6년 동안 왕비가 성지순례를 간 것은 그때 한 번뿐이었다. 왕비는 그녀의 전용 재단사에게 성지순례에 함께 갈 내가 입을 까만 드레스를 만들어 주라고 했다.

떠나기 전날 우리는 모두 목욕재계하고 겨드랑이 털과 음모를 밀었다. 나는 그날 밤에 통 잠을 이루지 못하고 뒤척이다가 날이 밝기도 전에 아예 일어나버렸다. 드디어 성지순례를 가는 날이었다. 무슬림이 된 지 5년이 지났지만 그때까지도 성지순례는 막연한 꿈으로 남아 있었다. 그런데 생각지도 못한 때에 그 바람이 이루어지게 돼서 가슴이 벅찼다.

우리가 머물고 있던 궁전 안에서는 커다란 유리벽을 통해 메카의 전경이 한눈에 내려다보였고, 성지순례를 위해 끝이 안 보이도록 밀려오는 사람들의 움직임까지도 볼 수 있었다. 순례자들은 거의 흰옷을 입었지만 더러 검은 옷을 입은 사람들도 보였다. 그들은 대개 사우디인들이라고 했다.

덥고 건조한 기후 속에서도 묵묵히 움직이는 순례자들의 풍경은 장관이라면 장관이었지만 한편으로는 인간이 지니고 있는 원초적인 슬픔 같은 것을 떠올리게 했다. 너나 나나 우리 모두는, 인간이란 것은, 얼마나 나약한 존재인 걸까. 신에게 의지하지 않고는 견뎌낼 수 없는 삶의 지난함과 존재의 불안을 짊어진 사람들의 움직임이 눈물겨웠다. 갑자기 웅장해 보이던 메카의 풍경조차도 마음을 아프게 했다.

아침 해가 뜨겁게 떠오르고 드디어 모든 준비를 마친 우리는 경찰이 호위하는 왕비의 차를 뒤따라 메카로 떠났다.

……랍바이칼라 훔마 랍바이크 랍바이카 라~ 샤리카 라카 랍바이크. 인날 함
다 월 니으마타 라카 왈 물크 라~ 샤리카 라카…….

(하느님 제가 왔습니다. 하느님 당신은 온 우주의 주인이며, 자비이며, 은혜입니다. 제
가 누리는 모든 것은 당신이 주신 것입니다.)

끝이 안 보이도록 많은 순례자들의 낭송 소리는 아름다웠다. 모두가
같은 목적으로 일체가 되었을 때만 만들어낼 수 있는 경건함이기도
했다.

이슬람 성지순례의 출발은 순례자들이 미캇 사원에서 몸을 씻은 뒤
이음새 없는 흰색 옷(이흐람)으로 갈아입고 길을 떠나는 것으로 시작
된다. 이흐람을 입고 있는 동안에는 면도도 할 수 없고, 샴푸나 비누는
무향을 써야 한다. 향수를 뿌려서도 안 되고, 손톱이나 발톱을 깎아서
도 안 된다. 순례자들은 메카를 향해 떠나면서부터 도착할 때까지 계
속 반복해서 이 기도를 낭송한다. 낮고 소박하면서도 장엄한 기도 소
리가 땅을 울리고, 계곡마다 가득 차올랐다.

……랍바이칼라 훔마 랍바이크 랍바이카 라~ 샤리카 라카 랍바이크. 인날 함
다 월 니으마타 라카 왈 물크 라~ 샤리카 라카…….

메카에 도착한 후에는 카바 신전을 일곱 바퀴 도는 것으로 시작한
다. '알라의 집'이라 여기는 카바 신전은 15m 높이의 직육면체 형상인
데, 위에는 금실로 코란을 수놓은 검은 휘장이 씌워져 있다. 카바는 천
당에서 쫓겨 내려온 아담과 이브가 하느님의 명령에 따라 지은 집이다.

그 후 하느님께서는 아브라함에게 아담이 지은 카바의 초기 기둥 위에 건물을 다시 지으라고 하셨다.

전 세계의 모든 무슬림들은 이곳을 향해 날마다 다섯 번의 기도를 올리고, 적어도 평생 동안 한 번은 찾아와야 한다고 믿고 있다. 그들이 카바를 향해 드리는 예배는 카바를 숭배하는 것이 아니라 하느님에 대한 경배다.

카바를 일곱 바퀴 돌고 나면 '사이Sai'를 한다. 사이는 카바 근처에 있는 2개의 언덕(지금은 '하람 마스짓' 건물 안에 있어서 언덕은 아니다)인 '사파'와 '마르와'를 일곱 번 왕복하는 것을 말한다. '사이'는 '노력하다'라는 뜻의 아랍어로 아브라함의 둘째 부인인 하갈(하자르)의 이야기에서 비롯되었다.

아브라함은 하느님으로부터 하갈과 이스마일을 아무도 없는 죽음의 땅에 두고 오라는 계시를 받았다. 이를 안 하갈이 이것이 진정 하느님의 뜻이냐고 묻자 아브라함이 그렇다고 대답했다. 그러자 하갈은 그럼 하느님께서는 우리를 버리지 않으실 것이니 여기에 두고 떠나라고 말했다.

며칠 후 하갈은 아들 이스마일이 먹을 음식이 떨어지자 그대로 있을 수가 없었다. 먹을 것도 찾아보고 혹시 근처에 사람이 있는지 알아보기 위해 사파와 마르와라는 두 언덕을 오르내리면서 주변을 살펴보았다. 그런데 갑자기 이스마일의 울음소리가 들려서 가 보니 이스마일의 발밑에 물이 고여 있었다. 이것을 본 하갈은 두 손으로 물을 모으면서 "Zome! Zome!(모여라! 모여라!)"를 외치며 기뻐했다. 이때의 물이 바로 메카의 하람 마스짓에 있는 '잠잠 샘물(Zamzam Well)'의 기원이며,

지금까지도 솟아나고 있다.

아브라함이 하갈과 이스마일을 죽음의 땅으로 데리고 왔을 때, 하갈은 조금의 망설임도 없이 하느님의 뜻이라며 괜찮다고 말했다. 그러면서도 자신의 처지에 굴복하여 가만히 앉아 있지 않고 그 상황에서 벗어나려고 노력했다. 하느님께서는 이런 그녀의 믿음과 노력을 어여쁘게 여겨 '잠잠' 물을 솟아나게 하셨고, 그로 인해 죽음의 땅이었던 곳이 사람이 살 수 있는 땅으로 바뀐 것이다. 하갈의 의심 없는 믿음과 노력이 곧 무슬림의 믿음이다.

순례자들은 카바를 돌고 사이를 하고 나면, 메카에서 19km 정도 떨어진 '미나 계곡'의 캠프촌으로 이동한다. 미나에 도착한 후에는 다시 아라파트 평원으로 가는데, 그곳은 예언자 무함마드가 최후의 설교를 했던 곳이다. 순례자들은 이슬람력으로 12월 8일 정오부터 해질 때까지 아라파트 산에서 코란을 낭송하거나 기도를 한다. 이때 날짜와 시간을 반드시 지켜야 한다. 그리고 해질 녘 아라파트 평원에서 무즈다리파로 이동하여 63개의 돌을 줍는다. 순례자들은 다시 미나 계곡의 캠프촌으로 이동하여 양을 잡아 제물로 바치는 희생제를 지내고, 무즈다리파에서 주어 온 돌 63개를 3일 동안 3개의 돌기둥에 7개씩 수차례에 걸쳐 던지며 악을 쫓고 신심을 다지는 의식을 한다.

이 의식은 사탄의 계속된 유혹에 지지 않기 위해 돌을 던지며 사탄을 쫓았던 아브라함, 하갈, 이스마일의 행동에서 유래한 것이다. 돌기둥에 돌을 던진 순례자들은 다시 메카에 들러 카바를 일곱 바퀴 돌고 사이를 일곱 번 왕복한 후, 성지순례를 완성한다.

나는 성지순례에서 돌아온 후, 마음이 한결 평안해졌다. 특별하게 달라진 상황은 없었지만 그냥 마음이 차분해졌다. 매사에 미리 걱정하거나 조바심을 내지 않기로 했다. 삶이 내게 주려고 하는 것들을 빨리 달라고 보채느라 지금 내가 누리는 것들에 대한 감사를 놓치지 말아야겠다는 다짐을 새롭게 했다.

언젠가 홍해에서 우연히 만나 몇 마디 나눴던 노인의 말이 떠올랐다. 노인은 1년에 한 번이나 비가 올까 말까 한 이 나라에서 사람들이 물을 마시고 산다는 것만으로도 신께 감사할 일이라고 말했다.

어쩌면 내가 이곳을 떠날 때 가져가야 하는 것은 그런 단순한 기쁨을 알아채는 혜안과 신과 삶을 향해 겸손하게 무릎을 꿇는 일인지도 모르겠다. 그것을 배우기 위해 내가 지금 여기까지 와 있다는 생각이 자꾸 들었다.

유목 일기

메디나를 지나 리야드에 다시 왔다. 그들의 조상이 사막의 유목민이었던 까닭일까? 왕실도 사흘이 멀다 하고 사막의 여기저기를 옮겨 다닌다. 그것도 주로 밤에만 움직인다. 하지만 불평하는 것은 아니다. 그렇게 나쁘지는 않다. 왕실에서의 생활 자체가 단조롭고 반복되는 일뿐이니 이렇게라도 움직이지 않으면 견디기가 더 어려웠을 것이다.

나무와 새들이 많았던 메디나를 떠나기 싫었지만 다시 또 비행기로 이동해서 리야드로 향했다. 비행기 안에서 한국인 스튜어디스를 만났다. 나도 놀랐지만 그녀도 꽤 놀라는 눈치였다. 아마 이 노선의 비행 중에 한국인을 한 명도 못 만난 모양이었다. 리야드에 도착해 비행장에서 이곳 왕궁까지 오는 길에 보았던 풍경은 내가 알고 있는 사우디가 아닌 또 다른 모습이었다. 좀 더 문화적이고 도회적인 분위기라고 해야 할까?

수도인 리야드에서는 5, 6개월쯤 머물 것이라고 한다. 이곳의 궁전은 낡고 좀 협소한 느낌이 들지만 나름대로 깨끗하고 단정하다. 4개월쯤 후에 새로운 왕궁이 완공되면 이사할 예정이라고 한다. 지난 두 달은 정신없이 바쁘게 지나갔다. 문득 시간을 아껴야 한다는 생각이 들다가도 이 지극히 단순한 생활에서 그게 무슨 의미가 있을까 싶은 생각이 독버섯처럼 돋는다.

* * *

다하란에 왔다. 리야드보다 규모는 작지만 예쁘고 깨끗한 곳이다. 이상하게 마치 고향으로 돌아온 느낌이다. 리야드에서 1시간 정도 걸렸는데 이곳에 오면서 탔던 비행기는 소음이 굉장해서 마치 사냥꾼의 배낭 속에 들어앉아 흔들리는 느낌이었다.

오늘은 편지를 한 묶음 받았다. 거의가 2개월쯤 전에 한국에서 보낸 편지들이다. 이 지경이니 다음 편지는 또 언제 받아 보려는지…… 편지를 한꺼번에 많이 받으니 마치 크리스마스 선물을 한 아름 받은 것처럼 즐거웠다.

그런데 편지를 한 통씩 읽어 내려가다가 그만 엉엉 울어버렸다. 내용이 슬퍼서라기보다 내가 없는 곳에서 일어나고 있는 사소한 일상과, 내가 그리워하는 사람들이 나 없이도 변함없이 잘 지내고 있다는 것이 한편으로는 안심이 되면서도 다른 한편으로는 묘한 소외감과 외로움으로 느껴졌기 때문이다. 모순된 감정 속에서 휘청이는 나를 보는 게 유난히 괴로웠던 날이다.

***

내일이면 이곳 담맘에서의 일을 다 마치고 왕의 일행이 다시 리야드로 간다. 리야드로 가는 도중에 '얀부'에 들러 하루를 머물고 다음 날엔 또 '코잠'으로 갈 예정이라고 한다. 아마 짐을 풀지도 못한 채 가지고 다니다가 올해의 마지막 날을 맞게 될 것 같다.

지금쯤 서울은 연말 분위기로 흥청거리겠지. 여기서야 그런 재미는 꿈도 못 꾸지만 그래도 늘 실내에서만 지내던 리야드 왕궁에 비하면 이렇게 움직이고 있는 게 더 나을지도 모르겠다. 새해는 리야드에서 맞이하겠지. 그리운 서울.

***

리야드의 새 왕궁인 야마마 궁 ^{Yamama Palace}으로 이사를 왔다. 그동안 내 집은 아니지만 새집으로 이사 갈 날을 은근히 기다렸다. 아마도 표면적으로 거처를 옮긴다는 의미보다는 새로운 장소에서라면 새 마음으로 시작할 수 있으리라는 기대 때문이었을 것이다. 어차피 변할 수 없는 생활이니까 어떤 물리적인 변화 덕분에라도 마땅찮게 여겼던 것들을 좀 더 수월하게 만나고 싶은 욕심이었는지도 모르겠다. 마치 때 묻은 옷을 깨끗하게 빨아 햇볕에 뽀송뽀송하게 말려서 다시 입듯이.

그런데 새 왕궁으로 처음 들어설 때의 들뜨고 황홀했던 기분이 얼마나 부질없는 것이었는지를 깨닫는 데는 단 하루도 걸리지 않았다.

가방 속에서 구겨져 있던 옷가지들을 풀어 정리하고 책을 다시 꺼내 놓으면서 나 자신에게 화가 났다. 새 왕궁이 내게도 새로운 삶을 줄 거라는 어리석은 생각을 했다는 게 하도 기가 막혀서 음식에게 분풀이를 하듯, 차려져 있는 빵과 치즈, 꿀, 사과, 홍차 등을 계속 주섬주섬 가져다 먹었다. 배가 불러올수록 마음은 점점 더 허기지고 머릿속으로는 많은 생각들이 겹쳤다.

'이곳에서의 내 생활이 오직 돈만을 위한 것이라면 나는 얼마나 어리석은 결정을 했던 것인가. 그런데 시간이 지날수록 단지 그것밖에는 아무것도 없으리란 생각에 포위되는 기분이다. 빠져나가야 한다. 무엇이 기다리고 있는지 모른다는 것을 희망으로만 해석한 내가 경솔했던 걸까? 하지만 설령 그렇다 해도 아직은 그게 전부라고 믿지는 않을 테다. 시간은 계속 흐르고 있고, 나도 변할 테고, 신과 세월이 가져다주는 선물 상자에 무엇이 들어 있는지는 뚜껑을 열어 보기 전엔 아무도 알 수 없으니까.'

하루 종일 기분이 엉망이었는데 왕비의 여동생인 '프린세스 마하'가 딸을 분만해 이름을 '홋사'라고 지었다는 소식을 듣고 그나마 기분이 조금 나아졌다. 햇아가의 탄생 소식은 나뿐만 아니라 왕실의 모든 사람들의 기분을 한순간에 띄워 주었다.

마하는 조하라 왕비의 두 여동생 중 한 명인데 워낙 뚱뚱해서 나 혼자만 아는 별명으로 '삼천평'이라 지어 주었다. 그녀는 왕의 사촌동생과 결혼해서 나중에 장관 부인이 되었다. 또 다른 왕비의 여동생은 '무디'인데, 그녀는 굉장히 진취적이고 개방적인 성향을 지니고 있다. 정략결혼을 거부하고 미국으로 유학 가서 운전도 배우고, 그곳에서 만난 남자와 결혼해 교수 부인이 되었다. 그리고 유럽으로 여행을 자주 다니면서 주로 왕족들의 생필품을 쇼핑하거나 벼룩시장 등을 돌아다녔다. 다이어트에도 관심이 많아서 자매인 마하와는 비교되는 몸매를 가졌다.

마음이 하루 종일 시소를 타서 그런지 이것저것 꽤 주워 먹었는데도 이상하게 속이 헛헛했다. 포만감과는 다르게 기분을 좋아지게 하는 음식을 먹고 싶었다. 마침 이런 내 마음을 어찌 알았는지 '아티가'로부터 자기 집으로 저녁을 먹으러 오라는 연락이 왔다.

아티가는 무척 아름다운 외모를 가진 모로코 여인이다. 게다가 아름다운 외모만큼이나 고운 마음씨를 지녔다. 두 아이의 엄마이기도 한 그녀는 요리 솜씨도 좋았다. 남편이 왕궁의 디저트 담당 요리사지만 일반 요리는 남편보다 더 잘한다고 한다. 그녀의 가족들은 본궁과는 좀 떨어진 별채에서 사는데 걸어서 갈 만한 거리다. 그녀는 사나흘에 한 번씩 맛있는 요리를 해 놓고 평소에 친하게 지내는 사람들을 불러 대접하는 것을 좋아한다. 우리는 그녀가 음식을 해 줄 때마다 먹기도 전부터 합창을 하듯 기쁘게 말한다.

"티스람이딕^{teslam iidak}(당신 손에 신의 축복이 깃드소서)!"

그녀가 만드는 모로코 음식은 다 맛있지만 특히 오늘 먹은 양고기 스파게티와 모로코식 스프인 '하리라'는 너무나 맛있었다. 그녀는 정성스럽게 만든 음식을 나눠 먹는 일이 얼마나 사람의 마음을 따뜻하게 만드는지 새삼 기억나게 해 준다. 아티가, 티스람이딕!

* * *

　오늘 사라가 워싱턴으로 떠났다. 가느냐, 못 가느냐 말도 많았는데 결국 그녀는 멋지게 차려입고 화장까지 곱게 한 얼굴로 활짝 웃으며 우리 곁을 떠났다. 사라와 룸메이트였던 후지아는 눈이 빨갛게 부어오를 정도로 울었다. 이곳의 생활이라는 게 어떤 면에서는 중독성이 있는 것 같다. 자주 외롭고 정체된 기분이 들긴 하지만 한편으로는 험한 세상과 분리되어 특별한 안정감을 누린다는 느낌 또한 분명히 있기 때문이다. 늘 되풀이되는 지극히 일상적인 일을 하면서도 적지 않은 돈을 벌 수 있고, 비록 고용된 처지이긴 하지만 로열패밀리와의 생활도 각별한 즐거움을 줄 때가 있다. 하지만 점점 더 자주 드는 생각은 이 모든 것이 내 것이 아니라는, 결국은 허상이라는 자각이다.

　평범한 삶이란 비록 자주 지난한 시간을 통과해야 하더라도 겪어낸 만큼 자기만의 색깔로 남는 삶이라는 것을 이제야 알겠다. 마치 습관적인 말투처럼 기억하고 있던 '평범한 삶'이란 것이 결코 평범한 게 아니라는 사실을 깨닫는다.

　이곳에서의 생활은 말 그대로 부초 같다. 몸만 유목민처럼 떠도는 게 아니라 정신도 가끔은 길을 잃는다. 그런데도 이상하게 늘 한곳에 정체되어 있다고 느낀다. 언젠가는 여기를 떠날 텐데 막상 이 나라를 떠나려고 할 때, 아무것도 남아 있는 게 없다는 것을 알아챌까 봐 떠날 시간을 더 늦추고 있는 건 아닐까? 아직은 뭐라 대답할 수 없다. 하지만 점점 더 자신이 없어진다. 이 시간이 내 미래에 가져다줄 수 있는 것은 과연 무엇일까? 혹시 그런 건 처음부터 없었던 게 아닐까?

막막한 내 심정은 어느새 사라에게로 건너간다. 5년 동안 휴가도 없이 가족들에게 돈을 보내기 위해 착실하게 일한 사라, 때로는 한심할 정도로 착하기만 했던 사라는 후지아의 눈물을 닦아 주고 두 달 후 다시 돌아오겠다며 떠났다. 하지만 나는 속으로 중얼거렸다. 사라야, 오지 마라. 더 이상 네 젊음을 낭비하지 말고 네 소원대로 그곳에서 좋은 사람 만나 결혼해서 네가 원하는 삶을 살아라. 제발 돌아오지 마라.

* * *

2주 정도 머물던 타이프에서 제다로 돌아왔다. 사우디에서 가장 맛있는 과일이 나는 곳이라는 타이프에서는 밤마다 창문을 열고 만나는 풀 냄새, 꽃향기, 새소리 덕분에 행복했다. 새삼 자연이 주는 절대적인 위안을 기억해내고 가슴이 뭉클했다.

타이프는 정말 이 사막의 나라에서 드물게 푸른색이 많고 공기가 맑아 마치 한국의 어느 곳에 있는 듯 좋았는데, 이곳 제다는 뜨거운 태양이 지글거린다. 그나마 바로 옆에 홍해가 있어서 조금 위안이 된다. 하지만 9월 말인 요즘 제다의 기후는 말 그대로 살인적인 더위다.

가끔 편지를 보내는 친구들 중에는 이미 결혼한 애들도 있다. 그런데 그들이 공통적으로 하는 말이 있다. 결혼해보니 아무것도 아닌데 미혼일 때는 왜 그렇게 결혼하려고 애썼는지 모르겠다는 것이다. 하지만 그건 그들이 누군가와 함께 살고 있기 때문에 부릴 수 있는 투정일 것이다. 나는 혼자라는 이 외로움을 지워버리고 싶다. 함께 밥을 먹고, 함께 잠을 자고, 함께 아침을 맞이하고, 함께 싸우기도 하며, 함께 아이를 낳아 키우며 살고 싶다.

'함께'라는 말이 품고 있는 지극히 개인적인 것들이 터무니없이 그리운 날들이다. 나는 이제 한국 나이로 스물아홉 살이 된다. 갑자기 그 숫자가 너무 크고 막막하게 다가온다.

* * *

제다에 머문 지 두 달째, 바로 옆에 홍해가 있어서 참 다행이다. 해변을 걷다가 주운 조가비들이 예쁘다.

일주일에 한 번 정도 홍해로 나가 해변을 걷는다. 그럴 때면 더러 낯선 사람들을 만나 짧은 대화를 나눌 수 있어서 기분 전환이 되기도 한다. 이젠 사소한 즐거움과 깊은 그리움을 맞바꾸며 균형을 맞추는 엉터리 계산법에 익숙해진 모양이다. 어쩌면 이것도 나를 위한 보호 본능일지도 모른다.

왕비가 간단한 수술을 위해 왕실 병원에 입원했다. 왕실 전용 병원이라 현재 환자는 왕비 한 명뿐이다. 오후에 문병을 갔는데 많은 꽃들이 그녀의 주위를 둘러싸고 있어서 병원이란 느낌이 전혀 들지 않았다.

평소에도 왕비를 사랑하시는 줄은 알았지만 그리 대놓고 표현하는 편은 아니었는데 왕은 날마다 왕비의 병문안을 가셨다. 왕의 또 다른 면을 보는 것 같아 슬그머니 웃다가도 어쩐지 금세 쓸쓸해진다. 내가 살아가는 동안 꼭 챙겨야 할 무언가를 잃고 있다는 생각이 들어서다. 정작 가야 할 곳으로 가지 않고 삶의 변방을 헤매고 있는 느낌이다.

생리통이 심해서 있는 대로 인상을 찡그리고 있는 나에게 후지아가

'샤이 나나^{shay bil-na`na`}'를 가져다주었다.

이슬람은 '샤이(차)' 문화가 특히 발달해서 종류별로 부르는 이름도 많다. 이 중에 샤이 나나는 박하 잎을 넣은 차로 여자들이 생리통이 심하거나 헛배가 부를 때도 마신다.

샤이만큼 즐겨 마시는 게 '카흐와'라고 부르는 아랍 커피다. 아랍인들은 손님이 집에 오면 먼저 향을 피우고 샤이를 대접한 뒤 카흐와와 단것을 내온다. 카흐와를 다 마시고 나면 계속 부어 주는 관습이 있어서 아예 보온병에 담았다가 따라 주기도 한다. 사막으로 야영을 나갈 때도 '타므르'와 함께 큰 보온병에 카흐와와 각종 샤이를 넣어 간다. 그래서 아랍인들이 사용하는 보온병은 크기나 모양이 다양하고 예쁜 것이 많다. 샤이 문화가 곧 보온병의 문화라고 여겨질 정도다.

'카흐와 디길'은 진한 커피, '카흐와 카피프'는 연한 커피를 말하는데, 대개 '카흐와 카피프'가 향이 좋고 순해서 아무 생각 없이 부어 주는 대로 마시다 보면 끝없이 먹게 된다. 하지만 더 이상 마시고 싶지 않으면 잔 위를 검지와 중지로 덮은 채 흔들어 사양한다는 사인을 보낸다.

* * *

어제 왕비는 일행들과 함께 리야드를 떠났다. 그녀의 이복 남동생 결혼식 때문이었다. 동행하기로 되어 있던 파티마는 사정이 있어서 왕비보다 조금 늦게 다른 차편으로 출발했다. 그런데 공항으로 가는 길에 교통사고가 났다. 기사는 죽고 파티마는 병원에 입원 중이라는 소식이 날아왔다.

왕실에 남아 있던 사람들은 파티마의 상태가 걱정되어서 소식을 애타게 기다렸다. 그러나 더 이상 못 참겠다며 방을 나갔던 샤리파가 닥터 샴스를 통해 알아낸 소식은 파티마도 방금 사망했다는 것이었다. 이 소식을 듣자 왕궁 안은 온통 울음바다가 되었다. 어찌 보면 우리는 제 나라에 두고 온 가족보다도 더 진하고 애틋한 마음으로 서로에게 기대며 살아왔다. 특히 파티마는 가까운 몇몇 사람들과 함께 친 자매처럼 지낸 사이라 더 슬프고 마음이 아팠다. 아, 파티마……, 불쌍한 파티마.

사람이 죽고 사는 일은 정말 미리 정해져 있는 걸까? 우리가 운명이라 부르는, 거역할 수도 바꿀 수도 없는 범주 안에 들어 있는 게 죽음의 순서인 걸까? 파티마가 왕비와 함께 떠나기만 했어도 그런 변은 당하지 않았을 텐데 그리 길지 않은 시간차로 다시는 돌아올 수 없는 길로 가버린 것이다. 생사의 갈림이라는 게 이토록 근소한 차이였다는 것을 소름끼치도록 생생하게 느끼자, 어쩌면 이 세상에는 그리 고통스러워할 일도, 두려워하거나 안타까워할 일도 없다는 생각이 들었다.

혼자 본 아시안컵 축구 결승전

　왕가의 적극적인 후원으로 급성장하고 있던 사우디의 축구 열기는 1984년에 제8회 아시안컵에서 우승한 이후로 점점 더 높아지면서 1987년에는 킹 파드 국제 경기장^{King Fahd International Stadium}이 완공되기에 이르렀다. 규모나 건축비는 물론 아름다움으로도 세계적인 수준인 이 경기장은 사막의 기후를 견디기 위해 세계에서 가장 큰 지붕을 만들었다. 관객 수용 인원도 7만 5,000명 정도나 되는 대규모 경기장이다.

　축구뿐 아니라 각종 육상 경기까지도 수용할 수 있는 이 경기장이 완공된 후, 킹 파드는 사석에서 축구 강국과 올림픽 유치에 대한 꿈을 숨기지 않았다. 이런 왕의 꿈을 반영하듯, 왕의 큰아들이 올림픽 위원회와 아랍 스포츠 연맹을 이끌었는데 불행하게도 그는 1999년에 심장 마비로 사망했다. 하지만 이렇게 시작된 축구 강국의 꿈이 사우디 사람들을 축구광으로 만들어 왕을 비롯한 전 국민의 축구 열기가 대단

했다. 때문에 곧 카타르에서 열릴 1988년 제9회 아시안컵을 앞두고 축구 2연패에 대한 기대로 온 나라가 일찌감치 떠들썩했다. 그런데 내 입장에서는 좀 난처하게도 이 대회의 결승전에 사우디와 한국이 진출했다. 왕은 두 나라의 결승전 진출이 확정된 날부터 나를 볼 때마다 물었다.

"아이샤, 넌 어느 팀을 응원할 거냐?"

나는 별생각 없이 당연하다는 듯 대답했다.

"제가 한국인이니까 한국을 응원해야겠지요?"

왕은 아무 말 없이 보일 듯 말듯 미소를 지었다. 그러더니 다음 날 똑같은 질문을 다시 했다.

"아이샤, 넌 어느 팀을 응원할 거냐?"

뭔가 이상한 느낌이 들었지만 나도 똑같은 대답을 했다.

"저야 당연히 한국을 응원해야지요."

말하고 나서야 왕이 듣고 싶어 하는 대답이 무엇인지 알아챘지만 경기 당일에 다시 물어봤을 때도 고집스러운 대답을 했다. 어쩌면 내 무의식에 들어 있는 열등감 때문이 아니었을까? 이렇게 남의 나라에 와 철저한 상하관계 속에서 일하고 있지만 나도 당당하게 맞설 내 나라가 있다는 것을 알아주었으면 좋겠다는 식의, 오래 눌러 온 열등감의 표현인지도 몰랐다. 아마도 왕은 장난삼아 물었을 텐데 내가 너무 정색하고 심각하게 대답하자 표정이 썩 유쾌해 보이지는 않았다. 그때 왕비가 뭔가 눈치를 챘는지 얼른 말을 돌렸다.

"순진한 아이샤 그만 놀리세요. 한국 사람인데 당연히 한국을 응원해야지요. 당신은 우리나라 국민이 남의 나라에 가서 산다고 그 나라를 응원하면 좋으시겠어요? 이제 장난 그만하세요. 아이샤 표정을 보니 금세 울 것 같아요."

그제야 왕은 한결 부드러워진 표정으로, 하지만 짐짓 화난 듯한 목소리로 말했다.

"아이샤! 넌 내 나라에서, 내 집에서 살면서, 내 밥을 먹고, 내 돈을 가져가는데 한국을 응원한다고?"

모여 있던 사람들이 모두 와르르 웃으면서 분위기가 바뀌었다. 나도 따라 웃으면서 작게 한숨을 쉬었다. 하지만 정작 경기의 중계방송이 시작되자 왕은 나에게 아래층의 응접실로 내려가서 혼자 TV를 보라고 했다. 생각지도 못했던 일이라 순간적으로 당황했다. 하지만 같은 방에서 함께 TV를 보면서 혼자만 다른 팀을 응원한다는 게 얼마나 불편한 일인지를 미리 짐작한 왕의 배려이리라. 나는 고마운 마음으로 아래층의 마즐리스로 내려왔다. 이 방은 거의 100여 평 정도 되는 큰 응접실인데 주로 왕이 손님을 맞을 때 사용한다. 그 넓은 방에서 TV를 켜고 나 혼자 축구 경기를 봤다. '한국에 있을 때 내가 스스로 축구 경기를 찾아서 본 게 몇 번이나 될까?'라는 생각을 하면서.

내게 남아 있는 축구에 대한 기억은 남자들의 큰 외침으로 시작된다. TV에서 해 주는 중계방송을 보려고 밤잠을 설치며 모여 앉아 맥주나 소주를 한 잔씩 기울이던 사람들. 안타까운 한숨과 집이 떠나갈 듯한 함성을 번갈아 내던 아버지와 형부들, 혹은 동네 사람들. 언제나 축구를 떠올리면 그런 것들이 먼저 생각난다.

우리 편의 골이 들어가면 마치 카드섹션으로 물결무늬를 만들 듯 집집마다 색깔 다른 함성이 터져 나왔다. 시간은 상관없었다. 아무리 늦은 밤이거나 새벽이라도 축구 중계를 보면서 내는 함성은 소음이 아니었다. 나는 깜빡 잠이 들었다가 그 함성 때문에 놀라 잠이 깨고도 '아, 우리나라가 한 골 넣었구나'라는 짐작으로 기분 좋게 다시 잠들곤 했다.

중계 시간이 직장인들의 퇴근 무렵이면 다방마다 손님이 꽉 들어찼다. 스포츠는 혼자보다 여럿이 모여서 봐야 더 재미있는 오락이기 때문이다. 이것은 스포츠 중계방송을 별로 즐겨 보지 않던 나도 알고 있는 사실이다. 그런데 지금 나는 이 넓은 마즐리즈에서 혼자 축구 경기를 보고 있는 것이다. 마치 아무도 없는 섬에 혼자 있는 기분이었는데, 나중에는 내가 바로 섬이란 생각마저 들었다.

처음에는 분명 앉아서 보기 시작했는데 언제부턴가 일어나 있었다. 결국 경기가 끝날 때까지 다시 자리에 앉지 못했다. 나도 모르게 꼭 쥐고 있던 손에는 땀이 송송 맺히고, 긴장한 탓인지 어깨까지 뻐근하게 아파왔다. 경기는 보는 내내 가슴 졸이고 안타깝게 하더니 결국은 양 팀 모두 끝내 선취골을 넣지 못하고 승부차기로 넘어갔다.

사우디 선수가 한 골 넣으면 위층에 모여 TV를 보던 사람들의 함성이 건물이 무너질 듯 쏟아져 내려왔다. 그러다 다시 한국이 골을 넣으면 이번엔 내가 혼자서 껑충껑충 뛰다가 팔을 휘저으며 그 넓은 응접실을 한 바퀴 돌았다. 마치 어릴 때 비행기가 날아가는 시늉을 하며 뛰어다니던 것처럼.

하지만 행여 위층에 들릴까 봐 소리는 지르지 못하고 그저 손바닥이 아프도록 박수를 치고 마치 무도회라도 온 사람처럼 혼자 춤을 추며 돌아다녔다. 누가 봤으면 미쳐도 제대로 미쳤다고 했을 것이다.

승부차기는 양 팀에서 한 명씩 실패하는 바람에 더 이상 긴장될 수 없을 정도로 팽팽한 3 대 3이었다가, 결국 마지막에 한국 선수는 실패하고 사우디 선수가 골을 넣어서 4 대 3으로 사우디가 우승했다.

사우디의 우승이 확정되는 순간, 한국 선수들 중에 아는 사람이 있는 것도 아니고 내가 직접 경기를 뛴 것도 아닌데 갑자기 기운이 다 빠져서 털썩 주저앉으며 울고 말았다. 왜 그렇게 눈물이 나는지 아예 소리 내 흐느끼며 울었다. 어쩌면 그것은 상갓집에 가서 제 설움에 겨워 운다는 것과 비슷한 감정이었는지도 모른다. 하지만 오래 막아 두었던 눈물샘이 터져 실컷 눈물을 쏟고 났더니 오히려 가슴속에서 뭔가 쑤욱 빠져나간 것처럼 후련하기도 했다.

그제야 내 울음소리를 감춰 주던 이층의 함성이 아직 계속되고 있다는 것을 알았다. 눈물을 닦고, 옷매무새를 고친 후 이층으로 올라가 왕에게 평소의 예의를 갖췄다. 한쪽 무릎을 꿇고 그의 손등에 입 맞추며 축하인사를 했다. 왕은 무척 기분이 좋아 보였다.

"아이샤, 다음번에는 한국이 이길 거야. 그때까지 우리가 우승 트로피를 보관하고 있는 것뿐이야."

다음 날, 사우디가 우승한 것을 축하하는 특별 보너스가 왕실 직원 모두에게 지급되었다. 하지만 아무리 공돈이라 해도 보너스를 받는 기분은 좋을 수가 없었다. 내게는 사우디가 이겨서 주는 축하 보너스가 아니라 한국이 진 대가로 받는 돈처럼 느껴졌기 때문이다.

내가 언제부터 이렇게 애국자였다고 그러는지 실소를 금할 수 없었지만 그래도 속이 상하고 기운이 빠지는 건 어쩔 수가 없었다. 봉투를 그대로 가방 속에 넣었다가 다시 꺼낸 것은 며칠이 지난 후였다.

3년 만의 휴가

잠깐 머물렀던 코잠을 떠날 때부터 비가 내려 사람들을 들뜨게 하더니, 리야드에 도착할 때까지도 계속 비가 오자 차 안은 아예 축제 분위기였다. 메카로 우무라를 가서 기우제까지 지내며 기다렸던 단비에 모두 흥분해 어깨춤까지 추었다. 그 모습을 보며 나도 덩달아 기분이 좋아졌지만 그들처럼 환호할 정도는 아니라서 좀 미안했다. 그러면서 엉뚱하게도 사계절이 다 있는 우리나라가 얼마나 자연의 혜택을 골고루 받은 나라인지 자랑하고 싶은 것을 꾹 참아야 했다. 당연하고 사소하다 여겼던 것들이 귀해지는 경험은 어쩌면 집을 떠나 낯선 곳에 와 있는 사람에게 주어지는 일종의 축복인지도 모른다. 그러면서도 한편으로는 '이왕이면 우리나라에 석유도 좀 묻어 주시지'라는 생각이 들어 혼자 피식 웃었다.

사우디에 온 지 3년째였다. 첫 휴가 신청을 해 놓고 기다리는 중이었는데 언제쯤 허가가 떨어질지는 알 수 없었다. 기다리다 지쳐서인지 갑자기 날짜 감각이 무뎌져 작은 종이에 금을 긋고 숫자를 써 넣어 달력을 만들었다. 그리고 시간이 날 때마다 이곳에서 생활하는 동안 생긴 짐들을 차곡차곡 정리하며 가방을 쌌다. 휴가 허락만 떨어지면 당장 떠날 수 있도록.

꽤 여러 달째 휴가를 기다리느라 정신이 산만해서인지 어느 날, 왕께 얼굴 마사지를 해 드리다가 크림 통을 바닥에 쏟는 실수를 했다. 마침 마사지를 할 때면 대개 옆자리에 있던 왕비가 잠시 자리를 비운 터라 그나마 다행이었지만 무척 당황스러웠다. 어쩔 줄 몰라 하는 나에게 왕은 괜찮다면서 목욕탕에 있는 큰 타월을 가져다 닦으라고 조용히 말씀하셨다. 사소한 실수가 최악의 결과를 만들기도 하는 환경이다 보니 실수를 하면 당황해서 순간적으로 아무 생각도 나지 않는다. 하지만 왕은 그동안 여러 번 내 실수를 눈감아 주셨다.

밤늦게 텔레비전으로 뉴스를 보다가 그날 왜 왕이 얼굴 마사지를 했는지 알게 되었다. 터키 대통령의 내방이 있어서 압둘아지즈 왕자와 함께 공항에 나가 서 있는 왕의 모습이 보였기 때문이다.

어느 날, 이가 몽땅 빠져서 손바닥에 뱉는 꿈을 꾸었다. 꿈에 이가 빠지면 집안 식구들 중에 누가 죽는다는 얘기를 들은 기억이 나서 불길했다. 맨 먼저 연로하신 아버지가 떠올랐다. 아무래도 한국에 전화를 해봐야 할 것 같아서 기회를 보다가 안지에게 부탁했다. 그녀는 왕비의 남동생 사우드의 빌라에서 일하는데 그 방에는 국제전화 직통라인이 설치되어 있었다. 맘씨 좋은 안지는 마침 사우드가 저녁 식사 후에 왕과 함께 거실에서 텔리비전을 보는 시간을 알려 주며 그때 들어가서 전화를 하라고 했다.

서울의 정애 언니에게 전화했더니 아니나 다를까, 아버지가 원주 세브란스 병원에서 진찰을 받으셨는데 폐암이 많이 진행된 상태라고 했다. 오래 천식이 있긴 하셨지만 그렇게 정정하시던 분이……. 아버지의 소식을 듣고 나니 마음이 더 급해졌다.

도저히 이대로 기다리고 있을 수만은 없었다. 왕실이 다시 담맘으로 이동했을 때, 왕비에게 아버지가 폐암이라 한시라도 빨리 한국으로 가야 한다고 간곡히 부탁했다. 왕비는 왕에게 말해 주겠다고 약속했지만 며칠이 지나도록 아무런 기별이 없었다.

그 무렵 왕은 다리의 신경이 거의 마비되어서 꼬집어도 아프지 않을 정도였다. 그래서 자주 물리치료를 했는데, 그날도 처남들과 점심을 함께한 후 마즐리즈에서 치료를 받겠다고 하셨다. 치료를 하는 중에 왕이 말했다.

"아이샤, 얘기 들었는데 네가 갈 생각하지 말고 아버지를 모시고 와라. 그러면 내가 사우디에서 고쳐 주마."

왕의 제안은 깜짝 놀랄 만큼 고마웠지만 내 대답은 미처 생각해볼 겨를도 없이 튀어나왔다.

"아닙니다. 아버지가 팔십 고령이시라 장시간 비행기 타는 것도 어렵고, 그래도 자식인 제가 먼저 가서 뵈어야죠."

왕은 더 이상 아무 말도 안 했지만 시간이 흐를수록 나는 점점 더 불편해졌다. 전에 이름을 지어 주겠다 하실 때도 그랬지만 이번에도 결코 평범한 제안이 아닌데 뭐가 잘났다고 또 이렇게 단숨에 싫다고 한 걸까? 혹시 내가 지금 내 운명에게 너무나 큰 실수를 하고 있는 건 아닐까? 하지만 이런 걱정은 빨리 한국으로 가고 싶은 마음에 눌려서 그리 오래 마음속에 남아 있진 않았다. 그런데 열흘이 더 지나도록 휴가 허락이 떨어지지 않았다.

그러던 어느 날, 왕의 다리에 혈액순환을 돕는 보조기구를 설치하던 나는 갑자기 그의 무릎 위로 쓰러지고 말았다. 전기 코드를 잘못 만져서 감전이 된 것이다. 잠시 기절했다가 정신이 돌아왔을 때, 나는 카펫 위에 눕혀져 있었고 누군가 내 볼을 두드리고 있었다. 빨리 냉수와 자바디(아랍 사람들이 먹는 요구르트)를 가져오라고 소리치는 왕의 목소리가 들렸다. 둘째 처남인 칼리드가 전기 쇼크는 건강에 좋다면서 이제 더 건강해질 거라고 농담하는 소리도 아득하게 들렸다.

다음 날, 휴가를 가도 좋다는 연락을 받았다. 휴가를 신청하고 9개월이나 지난 뒤였다. 1989년 12월, 드디어 한국을 떠난 지 3년 3개월 만에 다시 한국행 비행기에 올랐다.

김포공항에는 셋째 언니 내외가 마중 나와 있었다. 형부의 차를 타고 강릉으로 가는 동안 차는 시속 70km를 넘지 못했다. 사우디에서 늘 그 정도의 속도로 다닌데다 거의 전용이나 마찬가지인 직선 도로만 다녔던 나는 속도가 조금만 올라가거나 길이 험하면 심장이 두근거렸다. 몇 년 동안 바보가 되어서 돌아온 것 같았다.

강릉 집에 들어서니 그사이 하얗게 늙고 작아지신 아버지가 아랫목에 누워 계시다 나를 보고 간신히 미소를 지으셨다. 아버지는 내가 온다고 하니까 사우디 왕실에서 당신의 병을 한 방에 낫게 할 명약이라도 가져올 줄 아셨는지 남표 올 때까지만 버티면 된다는 말씀을 여러 번 하셨다고 한다. 하지만 나는 아무것도 내놓을 것이 없었다. 아버지는 그때까지도 당신이 폐암 말기라는 사실을 모르고 계셨다. 기다리던 자식이 왔는데도 아무 달라진 것 없이 날로 쇠약해지자 그때쯤 어렴풋이 당신의 병을 눈치채셨는지 어느 날 간신히 일어나 나를 부르셨다.

"남표야, 짚으로 인형을 만들어서 앞산 언덕 위로 가져가 태우고 와라."

정말 지푸라기라도 잡는 심정이셨을 아버지를 생각한다면 군말 없이 시키는 대로 했어야 하는데 그런 터무니없는 것에 희망을 거는 아버지의 약한 모습이 너무 싫어서 절대로 하지 말았어야 할 말을 하고 말았다. 지금도 그 말이 생각날 때마다 입술을 깨문다.

"아버지, 그게 다 미신이지 그런다고 병이 나을 것 같으면 누가 아프겠어요!"

그때는 왜 그렇게 철이 없었는지 모르겠다. 아버지가 보시는 앞에서 짚으로 인형을 만들고 그것을 산에 가서 태우고 돌아와, 아버지 대신 인형이 타 죽었으니 이제 병도 다 나으시고 오래 사실 거란 말을 왜 못했을까. 미신이면 어떻고 미련이면 어떻다고……

솔직히 사우디에서 파드 왕이 아버지를 모셔 오라고 했을 때도 병든 노구의 아버지가 사우디까지 오실 수 없다는 이성적인 판단 때문이기도 했지만, 혹시라도 그것 때문에 내가 사우디에 아예 발이 묶일까 봐 걱정하느라 더 생각해보지도 않고 거절했다. 하지만 그때 내가 무리를 해서라도 아버지를 사우디로 모셨다면 좀 더 사실 수도 있지 않았을까? 설령 치료에 효과가 없고 아예 가시지 못했다 하더라도 그런 제안만으로도 아버지는 기쁘지 않으셨을까? 이런 생각들이 아버지가 돌아가시고 난 후에도 두고두고 나를 괴롭혔다.

어쩌면 나는 손님 같은, 상전 같은 자식이었는지도 모른다. 일찍 집을 떠나 스스로 제 앞가림을 하며 살아가는 자식은 그 자식대로 부모의 관심과 보살핌이 너무 빨리 끊겨서 서럽듯이, 부모 또한 잔정을 듬뿍 들이지 못한 자식은 자식이지만 어렵기 마련이란 것을, 아버지를 모시던 막내 동생을 보면서 절실하게 느꼈다. 아버지는 내 앞에서 옷도 갈아입지 않으려고 하시면서 화장실 볼일을 보실 때면 동생을 들어오게 하고 뒤처리까지 다 맡기셨다. 나보고 하라고 해도 못했을 일이지만 염치없게도 많이 외롭고 서글펐던 것도 사실이다.

타고난 성품부터가 착하고 순했던 막내는 아버지가 쉰다섯, 어머니가 마흔다섯에 본 늦둥이다. 평생 아들 아들 노래를 부르던 분들의 늦둥이라서 아들이길 간절히 바랐지만 결국 딸로 태어난 게 섭섭하고 속상해서, 해산한 엄마는 미역국도 안 드시고 아가에게 젖도 물리지 않았다고 한다. 태어날 때부터 잘못한 것도 없이 구박과 설움을 받으면서 살아온 막내. 하지만 그렇게 태어난 자식이 효도한다는 옛말을 증명이라도 하듯 막내는 우리 자매들 중에 가장 효녀였다.

언니들과 내가 모두 집을 떠나 있는 동안 막내는 계속 아버지와 함께 살았다. 물론 아버지의 병수발도 동생이 했다. 나중에 아버지가 기저귀를 차야 했을 때 동생이 보여 준 의연한 모습은 나를 초라하게 만들고 상대적으로 동생을 얼마나 커 보이게 했는지 모른다. 나는 절대로 못했을 일을 이 아이는 간신히도 아니고 아주 즐거운 얼굴로 하는 것이었다.

"아유~ 아버지, 척척했겠네. 미안, 미안. 내가 미처 못 갈아드려서. 자, 이쪽으로 잠깐 돌릴게요. 네? 아프셔? 그래도 조금만 참으세요. 어이구~ 우리 아버지 아픈 것도 잘 참으시네!"

갓난아기 다루듯 항상 웃는 얼굴로 아버지의 대소변을 다 받아내던 동생은 지금도 몸이 아프거나 놀랄 일이 생기면 '하이고 아버지!' 소리가 먼저 튀어나온다고 한다.

지푸라기 인형을 만들어 태우라고 하신 지 한 달 후쯤, 주무시는 줄로만 알았던 아버지는 반듯하게 누워 세상을 떠나셨다. 나는 아버지가 돌아가신 후에 집을 팔아 큰언니를 제외한 다섯 형제 앞으로 통장을 만들어 똑같이 돈을 나눠 주고 서울로 올라가 지냈다. 그러다가 해가 바뀐 5월에 다시 사우디로 떠났다.

사막의 버섯

어느 날 아침, 왕비의 올케들까지 바쁘게 드나들고 분위기가 꽤 술렁거려서 무슨 일인가 했더니 '파카Faqa'를 캐러 간다고 했다. 같은 방을 쓰는 간호사 아미는 아침 식사로 뜨거운 밀크 티에 소금을 살짝 찍은 향 좋은 오렌지를 먹고 있었다. 그러다 이 말을 전해 듣더니 생각하기도 싫다는 듯 이마를 찡그리며, 자기는 추워서 가지 않겠다고 했다. 하지만 나는 호기심이 앞서서 따라나서기로 했다.

맨 앞에 사냥새인 펠리컨Pelican을 날려 보내고 그 뒤를 따라 열 대가 넘는 다인승 차가 출발했다. 사막 한가운데로 곧게 뻗어 있는 길을 달려서 오아시스에 도착했는데 정말 사막이라는 게 믿어지지 않을 만큼 푸른 풀밭이 있었다. 풀밭에는 노란색, 보라색의 꽃들과 흰 가시나무가 있고, 이름 모르는 하얀 꽃도 피어 있었다. 향기가 어찌나 짙은지 눈을 감고 와도 여기에 꽃밭이 있다는 것을 알아챌 정도였다.

차가 멈추자 사람들은 마치 소풍 온 아이들처럼 한껏 들떠서 차에서 내리더니 모두 가방을 하나씩 들고 뿔뿔이 흩어졌다. 나는 어디로 가야 할지, 뭔가를 찾으러 오긴 했는데 그게 어떻게 생긴 것인지도 몰라서 이런저런 생각을 하며 혼자 어슬렁거렸다.

시간이 꽤 지나 약간 무료해질 무렵, 갑자기 어디선가 "찾았다!"라고 외치는 소리가 들렸다. 깜짝 놀라서 소리 나는 쪽을 봤더니 누군가가 팔을 높이 들고 흔들며 좋아하고 있었다. 그녀의 손에는 뭔가 거무스름한 게 들려 있었다. 모두들 소리를 지르며 기뻐했다. 가까이 다가가서 어떻게 생긴 것인지 볼까 하다가 좀 먼 듯싶어서 포기했다.

"슈피!"

그때 또 어디선가 "나 좀 봐!" 하는 왕비의 목소리가 들렸다. 돌아보니 왕비도 손에 뭔가를 쥐고 환하게 웃고 있었다. 왕비는 "나도 찾았어! 찾았어!" 하며 아이처럼 즐거워했다. 모두들 왕비 근처로 모이면서 손을 흔들고 소리 지르며 좋아하기에 나도 그쪽으로 갔다. 그런데 미처 가까이 가기도 전에 어디선가 진한 향기가 났다. 잠깐 정신이 아득했다. 마치 데자뷰 현상처럼 내 기억 속에 숨어 있던 어떤 향기가 순간이동을 했다. 뭐였더라?

기억은 금세 실타래처럼 풀려나왔다. 어릴 때 아버지를 따라 산에 올라가서 몇 번 맡았던 자연산 송이버섯 향이었다. 이 사막 한가운데서 송이버섯이 자란다고? 그러니까 왕비가 손에 들고 좋아하는 검은 감자처럼 생긴 파카는 사막에서 나는 버섯이었다. 마침 내 옆에 후지아가 있기에 저걸 어떻게 먹느냐고 물었더니 아랍인들이 좋아하는 캅사에 넣으면 둘이 먹다 셋이 죽어도 모르는 맛이라고 했다. 너무 귀한 거라 아무나 못 먹고, 그래서 비싼 건 말할 것도 없다는 말도 덧붙였다.

다음 날 아침 일어났더니 창밖의 날씨가 수상했다. 마치 고양이 울음소리 같은 바람이 불고 있었다. 나는 좀 피곤했던 터라 다행히 오늘은 나가지 않아도 되겠구나 했는데 내 바람과는 상관없이 왕비는 파카를 캐러 갈 준비를 하라고 했다.

목적지에 도착하자 갑자기 모래 폭풍이 불기 시작했다. 일단 천막을 치고 안에 들어가 점심을 먹은 후, 모래바람을 맞으며 버섯을 찾으러 나섰다. 내가 날씨 걱정을 하자 후지아가 귓속말을 했다.

"왕비는 일단 파카를 캐기 시작하면 날씨가 어지간히 궂지 않고는 포기하지 않아."

"왜? 이게 그렇게 중요한 거야?"

"귀한 것이라서 그렇기도 하지만 이따 저녁에 이유를 알게 될 거야."

후지아는 싱긋 웃으며 부지런히 왕비가 있는 쪽으로 걸음을 옮겼다.

바람이 점점 더 거세지는데도 모두들 아랑곳없이 버섯을 찾으러 다녔다. 사람들이 찾은 버섯은 새카만 밤톨부터 오렌지만 한 크기까지 있었다. 그때까지 버섯을 한 개도 못 찾은 나는 아예 버섯 찾기를 포기하고 한가로운 상념에 젖어 돌아다녔다.

'아무리 오아시스 근처이긴 하지만 이렇게 강한 모래바람이 불고, 물도 없이 뜨거운 햇볕만 있는데 버섯이 어떻게 자라는 걸까? 아마도 이 버섯이 지니고 있는 맛이나 양분은 깊은 산속에서 캔 송이버섯보다 더 진할지도 모르겠다. 사막을 이겨낸 맛일 테니까.'

그로부터 몇 년이 지난 후에 우연히 알게 되었는데 그때 내가 본 사막의 버섯이 바로 버섯 중에서 가장 비싸며 푸아그라, 캐비아와 함께 세계 3대 진미에 속한다는 '트러플^{Truffle}'이었다. 한국에서는 흔히 '송로 버섯'이라 불린다. 트러플은 종류가 100여 종이나 되는데 그중 북아프리카와 중동의 사막에서 자라는 것을 '데저트 트러플$^{desert\ truffles}$'이라고 부른다.

궁으로 돌아오는 길, 비록 버섯은 한 개도 못 찾았지만 이틀 동안 바깥바람을 실컷 쐰 몸과 마음은 노곤하면서도 말랑말랑해진 듯 기분이 좋았다. 마치 장롱 속에 오래 걸어 두었던 두꺼운 옷들을 꺼내서 봄바람과 햇살에 거풍시킨 기분이랄까. 다른 사람들도 아직 보물찾기의 즐거움이 채 걷히지 않은 얼굴인데, 특히 왕비는 이틀 동안 캔 버섯을 보면서 흡족한 표정을 지었다. 그제야 후지아가 했던 말이 떠올랐다. 대체 저녁에 무슨 일이 생길까?

왕비는 궁으로 돌아오자마자 주방에 연락해서 저녁 식사를 준비하지 말라고 하고는 손수 캅사를 만들었다. 캅사는 향이 있고 길쭉한 흰쌀$^{White\ Basmati\ Rice}$과 양파, 토마토 등의 야채에 레몬, 시나몬, 올리브 오일을 넣고 촉촉하게 볶은 뒤, 구워서 기름을 뺀 양고기나 닭고기를 그 위에 얹어 내오는 사우디의 대표적인 음식 중 하나다.

주방에서는 양고기만 미리 준비해서 보냈다. 그리고 왕비의 지시에 따라 몇몇 사람이 야채를 써는데 어쩌면 모두 그렇게 칼질을 못하는지 웃지 않을 수가 없었다. 아무리 주방과는 상관없는 일을 하는 사람들이라 해도 좀 심했다. 특히 양파를 다지는 솜씨는 너무 엉성해서 도저히 가만히 있을 수가 없었다.

"이리 줘. 내가 썰게."

여고 때 걸스카우트에서 캠핑을 가거나 친구들과 여름 계곡으로 물

놀이를 갈 때면 빠지지 않던 메뉴가 카레라이스였는데, 그때 양파를 잘게 써는 것은 언제나 내 담당이었다. 나는 칼끝을 한 손으로 누르고 다른 손으로는 칼 손잡이를 잡고 자근자근 양파를 다졌다. 무슨 신기한 요술이라도 보는 것처럼 모두들 와, 하는 탄성을 지르며 싱글거렸다. 그런데 정작 나는 양파가 매워서 코끝이 맹맹하더니 급기야 눈물까지 찔끔찔끔 흘렸다. 왕비가 그 모습을 보고는 한 마디 하셨다.

"아이샤, 양파 잘 써네. 덕분에 캅사가 맛있게 되겠다. 근데 눈물은 넣지 마라. 그건 들어가지 않는 양념이야!"

왕비의 말을 듣고 모두들 한바탕 웃는데도 나는 계속 눈물을 찔끔 거리며 양파를 썰었다. 순전히 양파 때문에 눈물을 흘렸다고 생각했는데 칼질을 멈추고 손을 닦으면서 눈이 홧홧한 만큼 가슴도 얼얼했다.

그날 왕은 유목민이던 자신의 옛 조상들처럼 처남들과 거실 바닥에 빙 둘러 앉아서 맨손으로 꾹꾹 주물러 가며 캅사를 뭉쳐 먹었다. 왕비가 직접 파카를 얇게 저며 넣어 준비한 저녁밥이었다. 왕과 동생들이 캅사를 먹는 모습을 바라보는 왕비의 미소가 따뜻했다.

그들이 저녁밥을 먹는 모습을 보니까 문득, 예전에 시골집에서 모내기를 할 때 논두렁에 앉아 새참을 먹던 기억이 떠올랐다. 기다리고 있었다는 듯 그 시절에 먹던 거친 음식들이 떠올라 군침이 돌고, 돌아가신 부모님이 눈물 나게 보고 싶었다. 언니들도 그리웠다. 마치 도미노 게임처럼 그렇게 그리운 것 하나가 뒤에 서 있던 다른 그리운 것을 건들며 쓰러지고 있었다.

긴 저녁 식사가 끝나고 잠자리에 들 준비를 하고 있는데, 내일은 다란으로 떠날 예정이니 한 달 정도 머물 짐을 챙기라는 지시가 떨어졌다. 다란을 좋아하는 왕비는 물론 모두들 즐거움을 감추지 못했다. 짧은 주말여행이 아니라 이렇게 조금 먼 지역으로 옮길 때면 직원들 모두에게 한 달 월급보다 몇 배나 많은 돈이 특별 수당으로 나온다. 그래서 왕실 직원들은 모두 장거리 여행을 좋아했다. 돈도 생기고 모처럼 바깥 공기도 쐴 수 있는데다 무엇보다도 본궁 밖으로 나가면 왕비의 허락 없이도 해외에 국제전화를 할 수 있는 라인이 곳곳에 오픈되어 있었기 때문이다.

길 떠날 가방을 챙겨 놓고 자리에 누웠는데 손에 아직도 캅사에 넣었던 파카의 향기가 남아 있는 것 같았다. 내가 이 사막을 떠날 때 나는 어떤 삶의 향기를 가방 속에 넣어갈 수 있을까. 아니, 그날이 언제쯤일까.

생각이 많아 쉽게 잠이 오지 않았다.

걸프전

1990년 7월, 여느 해의 여름과 마찬가지로 킹 파드는 제다에 머물고 있었다. 왕궁 바로 옆에 홍해가 있기 때문이다. 사실상 목요일부터 시작되는 주말이면 왕은 홍해에 배를 띄우고 배 안에서 주말을 보내며 휴식을 취하곤 했다.

그런데 8월 2일 새벽 2시에 이라크의 사담 후세인이 쿠웨이트를 공격하면서 전쟁이 시작되었다. 이날 파드 왕은 아침 11시가 되어서야 잠자리에 들 수 있었다. 걸프전이 시작되자 해외에서 급히 귀국한 왕의 동생인 아미르 술탄 국방부 장관과 왕세자인 압둘라는 쿠웨이트 아미르(쿠웨이트의 국가 지도자에게는 대통령이나 왕이라는 호칭을 안 쓰고 아미르Emir라고 부른다)를 담맘으로 불러 회의를 했고, 새벽 4시가 되어서야 저녁 식사를 할 수 있었다. 이어서 8월 9일에는 아랍 16개국 지도자들이 이집트의 카이로에 모여 긴급회담을 가졌다.

전쟁이 나자마자 쿠웨이트 아미르가 사우디로 오고, 사우디아라비아가 쿠웨이트를 보호하기 위해 적극적으로 개입한 배경에는 국제적인 이해관계도 있지만, 사우디가 이슬람의 종주국이며 '킹 파드'가 중동의 맏형 같은 위치에 있기 때문이기도 하다. 그러나 또 한편으로는 쿠웨이트와 사우디 간의 오랜 역사적 의리 같은 것이 작용했다고 볼 수도 있다.

사우디 왕국을 건설하고 아라비아 반도를 근대적인 통일 국가로 형성한 초대왕 '압둘아지즈 빈 압둘라흐만 빈 파이잘 알 사우드^{Abdul Aziz bin Abdulrahman bin Faizal Al Saud}'는 한때 리야드 지역의 성주였던 '압둘라흐만'의 막내아들로 태어났다. 하지만 그의 유년 시절은 그리 행복하지 않았다. 아버지 압둘라흐만은 오스만 터키 제국으로부터 이웃하는 까심 지역의 성주와 전투하지 않으면 추방하겠다는 압력을 받자, 결국 가족들을 이끌고 쿠웨이트로 망명했다. 사우디 왕가는 압둘라흐만의 윗대에도 쿠웨이트의 신세를 진 적이 있었는데 이번에도 쿠웨이트는 압둘라흐만의 10년 이상의 망명 생활을 도와준다.

이때 압둘아지즈는 아버지와 함께 쿠웨이트로 가지 않고 사막을 유랑하는 베두윈족을 따라 아라비아 반도를 돌아다니며 사막에서의 생존법과 아라비아 지리를 터득한다. 그 후 쿠웨이트에서 군사를 모아 두 차례의 시도 끝에 리야드를 수복하고 아버지와 함께 다시 고향으로 돌아온다. 그러면서 점점 더 세력을 확장해 아라비아의 대부분을 차지한 압둘아지즈는 1932년, 마침내 사우디아라비아의 왕^{King of Saudi Arabia}이 된다. 그가 바로 '킹 파드'의 아버지다.

직접적으로 공격을 받은 것은 아니지만 갑작스럽게 터진 전쟁이 주는 긴박감에서 결코 자유로울 수 없는 사우디였기에, 왕실 내의 모든 사람들은 걱정과 긴장을 멈출 수가 없었다. 왕비 조하라는 메카로 우무라(특별 기도나 소원을 빌기 위한 짧은 성지순례)를 떠났고, 고향에 머물고 있던 친정어머니 하야께서는 혼자 걷지도 못하는 몸으로 제다로 돌아와 휠체어에 앉은 채로 왕을 방문해서 위로하는 등, 왕실 내부에도 근심스러운 기운이 돌았다.

그러다 8월 30일에는 아직 스물 살도 안 된 파드 왕의 막내아들인 '프린스 압둘아지즈 빈 파드'가 난생처음으로 군복을 입었다. 그는 왕이 유난히 사랑하는 아들이었다. 그런 아들이 아직 앳된 얼굴로 전투 태세를 의미하는 군복을 입은 채 왕과 왕비에게 인사하고 왕실을 떠나던 날, 왕비를 비롯한 모든 여자들이 울었다.

안 그래도 중요한 일이 생기면 거의 낮밤의 구분이나 시간관념이 없었던 왕은, 계속 밤을 새우고 아침에 잠들기를 반복해서 점심 식사가 밤 9시경에 시작되는 날이 이어졌다. 어수선한 가운데 9월이 되고 핀란드 헬싱키에서 이라크와 쿠웨이트 문제에 대한 미소 정상 회담이 열렸다. 그러나 부시 대통령이 "확실한 것은 아무것도 없다$^{Nothing\ sure}$"라는 표현을 해서 모두를 더욱 불안하게 만들었다. 그때 조하라 왕비는 늦게까지 귀궁하지 못하는 파드 왕을 기다리면서 나에게 얼굴 마사지를 부탁했다. 새벽이 가까운 시간, 결코 예뻐지기 위해서 마사지를 해 달라고 하는 게 아님을 쉽게 알아챌 수 있었다. 그녀는 힘든 남편을 위로하기 위해서 자기라도 밝고 화사한 얼굴로 남편을 맞이하고 싶었던 것이다.

다음 날, 누가 날 찾는다는 전화가 왔다. 예전에 한국에서 아랍어를 가르쳐 주셨던 명지대의 최영길 교수님이 메카에 오신 길에 주신 전화였다. 불안한 상황이었던 만큼 얼마나 반가웠는지 꼭 친정 피붙이를 만난 기분이었다. 그런데 긴장한 탓인지 교환이 통화 내용을 듣고 있다는 생각에 제대로 말도 못하고 서둘러 끊었다. 교환이 들었던들 어떻게 한국말을 이해했을까 싶은 생각이 나중에야 들어서 괜히 억울한 마음에 정원에 나가 몰래 울었다. 마치 나 혼자 지구 밖에 뚝 떨어진 것 같은 밤이었다.

이런 와중에 전시 상황을 위로한다는 명목의 보너스가 꽤 생기기도 했다. 전쟁이 주는 공포감 때문에 자신의 나라로 돌아가려 할지도 모르는 직원들에게 주는 위로금 같은 것이었다. 왕의 처남들이 모두 억만장자들이라 그들이 돌아가면서 꽤 큰돈을 주고, 금팔찌를 주기도 했다. 평소라면 고정 월급 외에 받는 보너스가 신났겠지만 그때는 아무도 그 돈과 선물을 기뻐하는 사람이 없었다. 모두의 마음속에는 가족들을 만나고 싶고, 이 상황에서 벗어나고 싶다는 생각만 가득했기 때문이다. 어렵게 통화가 된 서울의 정애 언니는 밖에서 보는 전쟁이 왕실에서 느끼는 것보다 훨씬 더 심각하니까 무조건 빨리 오라는 말만 되풀이하며 울었다.

10월 17일, 조하라 왕비와 그녀의 친정어머니, 그리고 나를 포함한 몇몇 사람들은 메카로 갔다. 전쟁 중에 우리 여자들이 할 수 있는 일이란 이렇게 신 앞에 전심으로 무릎을 꿇는 일밖에 없었기 때문이다.

우리 일행을 성소Ka'ba에 들여보내기 위해 메카의 경호 경찰관들이 휘장을 걸고 굳게 닫혔던 문의 자물쇠를 열었다. 그러자 밖에서 기도를 드리던 많은 사람들이 서로 들어가려고 안간힘을 썼지만 경찰에게 제지당했다. 우리는 간신히 사복 경찰들이 만든 인간 사슬의 호위를 받으며 움직였다. 우리 일행은 전부 여자였기 때문에 까만 아바야를 입고 있었는데, 주변 분위기에 잔뜩 긴장해 서로에게서 떨어지지 않으려고 무진 애를 썼다.

간신히 성소 안으로 들어간 후 우리는 모두 무릎을 꿇고 엎드려 기도를 드렸다. 인간의 생명을 위해서, 설령 그것이 내가 모르는 사람들이라 할지라도 많은 사람들의 안전과 평화를 위해서 드리는 기도는 끝없는 흐느낌으로 이어질 만큼 간절했다.

그 와중에도 임신 중이었던 왕비의 여동생 무디가 일곱 번째 아이를 낳았고, 왕비의 배다른 여동생인 만수르 아브라함이 결혼을 했다. 한쪽에서는 사람들이 죽어가고, 다른 한쪽에서는 다시 태어나고, 한쪽에서는 생이별을 하고, 또 다른 한쪽에서는 새로운 만남이 이뤄지고……. 삶은 극명한 대비를 이루며 흘러가고 있었다. 아마 세상은 언제나 그랬겠지만 전쟁 중이라 유난히 그 대비가 눈물겨웠다.

나는 오직 이 전쟁이 빨리 끝나서 모두가 안전해지기를 초조하게 기다리고 있었다. 그런데 그들은 마치 이쯤은 아무 일도 아니라는 듯 해야 할 일들을 다 하면서 살아가고 있었다. 일어나야 할 일이 일어났는데 왜 내가 그 때문에 내 계획을 미루거나 포기해야 하느냐는 태도였다. 똑같은 상황에 처해 있어도 내게는 삶이 정지된 느낌이었지만, 그들에게는 여전히 움직이고 있는 그들 삶의 한가운데일 뿐이었다. 같은 상황에서 그들과 내가 이렇게 다른 이유는 내가 이 땅에 절대로 뿌리내릴 수 없는 이방인이기 때문이란 것을 깨달았다.

전쟁이 소강상태로 드는지, 아니면 그들이 대범해서인지 10월 31일,

파드 왕은 주미 사우디 대사인 프린스 반달^{Bandal}을 초대하고, 왕실 가족은 물론 직원들까지 모두 요트에 태워 홍해로 나갔다. 거기서 다시 얀부까지 간 뒤, 배에서 하룻밤을 자고 5시간의 뱃길을 건너 제다로 돌아왔다.

떠날 때의 편치 않던 마음과는 달리 그 시간은 내게도 휴식과 위로가 되었다. 수평선 끝까지 아무리 살펴보아도 우리가 탄 배 외에는 아무것도 없었다. 그 청동색 바다 위를, 하얀 물살을 그으며 멈춘 듯 부드럽게 움직이고 있는 요트 위에서는 모든 생각을 잠시 덮어도 좋았다.

지하 2층, 지상 6층으로 이뤄진 파드 왕의 요트에는 2개의 엘리베이터가 있는데, 그중 하나는 왕 전용으로 온통 금으로 장식되었다. 그리고 배 안에는 해수 풀장과 헬기까지 대기하고 있었다. 배는 그리스에서 만들어졌고, 승무원들도 모두 그리스인이었다. 음식도 그리스 스타일인데 스파게티가 유난히 맛있었다. 왕궁에서 일하는 사람들이 외부 음식을 먹을 수 있는 기회가 드문데다 음식들이 워낙 맛있어서 모두들 저녁 식사 한 끼만으로도 행복해졌다. 또한 식사 후 뱃전을 홀로 산책하는 일도 맛있는 디저트처럼 달콤했다. 거세지 않은 바닷바람이 가져다주는 평화로움과 적당한 고독이 좋았다. 그런데 바닷물이 시퍼렇다 못해 어찌나 시커멓던지 '바닷물에도 석유가 섞여 있나?'라는 엉뚱한 생각이 들었다. 아마 그들에게 저절로 주어진 신분과 부로 전쟁 중에도 이렇게 삶을 즐길 수 있다는 것이 부럽다 못해 불편했던 모양이다.

11월 2일 아침 신문에는 프랑스 대통령이 11월 6일쯤이면 중동이 평화냐 전쟁이냐가 판가름 난다고 말한 기사가 실렸다. 그리고 11월 5일에 미국의 외무부 장관인 제임스 베커가 사우디에 왔다. 그가 맨

폭이 넓은 녹색 넥타이가 유난히 시선을 끌었다.

이어서 11월 21일에는 미국의 조지 부시 대통령 내외가 사우디를 방문했다. 나는 그날 아침 파드 왕의 다리에 물리치료를 해 주었다. 그가 부시 대통령 내외를 접견하러 가면 오랜 시간 동안 서 있어야 하기 때문에 미리 다리와 발의 혈행을 풀어놓아야 했다. 물리치료가 끝난 뒤 근육 이완 크림을 바르고 무릎에는 압박 보호대까지 착용시켰다. 왕은 거구인데다 무릎 관절이 상당히 좋지 않았다.

왕의 치료가 끝난 뒤에 바바라 부시 여사와 만찬 약속이 있는 조하라 왕비에게 얼굴 마사지를 해 주었다. 중동은 국빈이라도 남녀가 함께 만찬을 갖지 않는다. 나는 다른 몇몇 직원들과 함께 만찬장에 미리 가서 조하라 왕비와 영부인 부시 여사가 들어오길 기다리고 있었다. 부시 여사는 백발에 하얀 진주 목걸이를 하고 있었는데 그윽한 미소가 그녀를 더욱 우아하게 만들었다. 그녀가 내 앞에서 걸음을 멈추고 말을 걸었다.

"일본인이세요?"

"아닙니다. 한국인입니다."

그녀는 놀랍다는 듯 어떻게 한국인이 여기까지 왔느냐고 물었다. 나는 갑자기 당황해서 끝내 아무 대답도 하지 못한 채 붉어진 얼굴로 겨우 미소만 지었다. 그것은 그 무렵 내가 스스로에게 수없이 던진 질문이기도 했기 때문이다.

정말 내가 왜 여기 있는 걸까? 무엇이 날 여기로 보낸 걸까? 돈을 벌기 위해서? 정말 그것만이었나?

그렇다면 나는 얼마나 바보였던가. 돈 이외에도 살아가는 데 꼭 필요한 것들이 있다는 것을 미처 알아내기도 전에 내 젊음의 생살이 뭉텅 잘려 나간 느낌이었다.

파드 왕은 부시 대통령 내외의 방문을 앞두고 그에게 줄 선물을 결정하느라 꽤 고심했다. 유럽의 유명한 보석상들이 보내 온 많은 제안 중에 파드 왕의 마음을 사로잡은 디자인은 미국 지도를 다이아몬드로 연결해서 만들고 각 주를 조금 더 큰 다이아몬드로 박아 넣은 것이었다. 그는 이것을 선물로 결정했다.

부시 대통령 내외가 돌아가자 파드 왕은 다시 홍해에 배를 띄우고 라빅까지 다녀왔다. 배를 타고 먼 바다까지 나갔다 돌아오는 일은 극도의 긴장을 푸는 그의 휴식 방법 중 하나였다. 왕이 돌아왔을 때 쿠웨이트 아미르의 누이가 왕비를 방문했다.

전쟁이 점점 더 심각한 상황으로 접어들고 나는 자주 위경련을 일으켰다. 어느 날, 설사와 구토가 겹쳐서 죽고 싶을 만큼 힘들어 하며 누워 있는데 후지아가 찾아왔다. 그녀는 모로코 여인인 마리얌의 엄마가 왕궁 안에 놓은 벌통에서 거둔 꿀과 당근 주스를 가져왔다. 평소에는 왕과 왕비 이외에 아무도 손을 못 대는 꿀인데 가져온 것을 보니 왕의 아침 식사가 끝난 모양이었다.

그녀가 가져온 꿀을 당근 주스에 넣어서 마시는데 울컥 눈물이 났다. 그녀는 내가 훌쩍거리며 조금씩 주스를 마시는 것을 지켜보더니 뜻밖의 말을 꺼냈다. 쉽게 꺼낼 수 있는 얘기가 아닐 텐데 아마도 내 기분을 좋게 해 주려는 의도 같았다.

"아이샤, 나…… 애인 생겼다?"

주스를 마시려고 컵을 입에 대던 나는 깜짝 놀라서 그대로 멈췄다.

"애인? 정말? 언제부터? 누구야? 지금 어디 있어?"

내 두서없는 질문에 후지아는 소리 내 웃으며 말을 이었다.

"마호메트라고, 왕궁 안의 전화 교환수야."

"응? 그럼 어떻게 만나? 왕궁 안에서는 만날 수가 없는데 둘 다 왕궁 안에서 살면……."

"당연히 만나진 못하지. 하지만 날마다 몰래 통화를 해."

"보지도 못하고 통화만 하는데도 서로 사랑한다는 것을 알 수 있어? 눈빛도 못 보고 목소리만 들으며 얘기해도 서로 통하고 믿고 있다는 걸 안단 말이야?"

"그럼! 우리는 참 많은 이야기를 나누는데 아무리 오래 얘기해도 지루하지 않고, 할 말이 없지도 않아. 그와 전화를 하고 나면 마음이 너무 편하고 행복해."

나는 참, 예쁜, 그녀를 물끄러미 바라보았다. 비록 숨어서 하는 전화 대화가 그들이 소통할 수 있는 방법의 전부라 해도 그녀는 사랑에 빠진 게 분명했다. 내게 소곤소곤 그에 대한 이야기를 하는 동안 그녀의 표정과 목소리에는 지금 사랑하고 있는 사람만이 가질 수 있는 삶의 윤기가 부드럽게 흐르고 있었다.

그녀가 부러웠다. 이것저것 재지 않고, 고작 이 정도가 뭐냐며 처한 환경을 원망하지도 않고, 순한 마음을 열고 대화하는 그들의 사랑이 안쓰러우면서도 너무 예뻐서 후지아를 꼭 안아 주었다. 나도 모르게 자꾸 잊어가던 사람과 사람 사이, 여자와 남자 사이의 관계가 주는 따스함이 물처럼 흘러 내게까지 와 닿는 느낌이었다. 마치 오랫동안 잊고 있었던 좋아하는 노래의 한 음절이 저절로 떠오른 것처럼 어느새 몸도 조금씩 가뿐해지고 있었다.

그 무렵의 모든 뉴스는 'Gulf close to war'로 시작되었다. 어느 날, 하난은 이 전쟁을 일으킨 후세인의 표면적으로 드러난 정치, 경제적인 욕심 외에 중동의 평범한 사람들 사이에서 도는 루머 같은 이야기를 해 주었다.

"이라크의 사담 후세인이 쿠웨이트를 공격하기 한 달 전에 부인 사라와 함께 사우디를 개인적으로 방문했다나 봐. 그때 메카에서 우무라를 하고 가는 길에 파드 왕을 방문해서는 왕에게 이라크로 여름휴가를 오라고 제안했다는 거야. 오면 섬 하나를 통째로 비워 주겠다고 했다나 뭐라나. 만약 그때 파드 왕이 그 제안을 받아들여 여름휴가를 이라크로 갔더라면 아마 꼼짝없이 인질로 잡혔을 거야!"

여기까지 말하던 하난은 눈을 동그랗게 뜨며 치를 떨었다.

"사담 후세인이 쿠웨이트를 공격한 궁극적인 목적은 사우디의 메카를 빼앗는 것이었을 거야! 그는 사탄이야, 사탄!"

그러고도 흥분이 가라앉지 않는지 하난은 '사탄'이란 말을 여러 번 반복했다. 흥분한 하난의 말을 들으면서 나는 문득, 사담 후세인이 메카에서 우무라를 할 때 어떤 기도를 했을지 궁금해졌다. 이제 전쟁을 시작해서 많은 사람들을 죽일 예정이니 잘 보살펴 달라고 했을까? 그의 신과 내가 믿는 신이 정말 같은 신인 걸까? 어떤 종교든 간에 종교의 궁극적인 목적은 살아가는 동안 사람답게 살기 위해서라고 믿는 나는 착잡한 심정이 되었다. 어쨌든 이 세상에서 절대로 일어나서는 안 되는 것이 전쟁이라는 생각만 머릿속에 가득했다.

샤리파의 실수

12월이 되자 왕은 메카에 두 번이나 다녀오더니 왕비에게 수도인 리야드로 떠날 준비를 하라고 했다. 거의 모든 사람들이 리야드에서 나가려고 한다는데 우리는 그곳으로 돌아간다니 모두들 어리둥절했다. 하지만 왕의 명령이니 따를 수밖에 없었다.

우리는 리야드로 돌아가는 길에 메디나에 먼저 들렀다. 메디나는 돌산 위에 왕궁을 지었기 때문에 나는 혼자만의 암호처럼 메디나 궁을 '석궁'이라고 불렀다. 사우디에는 왕이 번갈아 들르는 여러 개의 궁전이 있다. 모국어가 유난히 그리웠던 어느 날, 나는 각 궁의 특징을 생각하면서 우리말로 이름을 지어 주었다. 나 혼자 하는 모국어 놀이였다.

예를 들면 메디나는 석궁, 제다는 미궁, 자실라는 해궁, 바키라는 수궁, 메카는 성궁, 미나는 예궁, 타이프는 별궁, 리야드는 대궁, 코잠은 달궁이었다. 이렇게 우리말로 별명을 붙여 놓고 그 궁으로 들어갈 때마다 '안녕, 달궁아!' '잘 있어, 예궁아'라고 혼잣말로 인사를 하기도 했다. 외롭다는 것은 좀 유치하고 엉뚱한 발상으로 이어질 때가 있다.

메디나에서 머무는 동안 가장 좋았던 곳은 이슬람 예언자 무함마드의 시신이 안치되어 있어 이슬람 제2의 성지라 불리는 '나바위 마스짓'이었다. 매일 아침 예배당의 주변에는 셀 수 없을 만큼 많은 새들이 모여서 노래를 불렀다. 그때의 그 새소리는 흡사 천상의 소리 같았다. 나는 사람에게 지쳤을 때 위로받을 수 있는 것은 자연뿐이란 것을 저절로 깨우쳐 주는 아침을 여러 번 만나며 조용한 행복을 맛보았다.

리야드로 돌아온 후 해가 바뀌어 1991년이 되었다. 끝나길 바랐던 전쟁은 더 심각해져서 리야드에 온 지 3주째 되는 날인 1월 10일, '전쟁 준비Preparation to war' 체재에 돌입했다. 방마다 모든 창문이 봉쇄되고 화장실의 하수구와 환풍기도 밀봉되었다.

왕을 위한 주방이 왕궁 안에 있긴 했지만 그 무렵에는 무슨 이유인지 파드 왕의 식사는 모두 밖에서 따로 만들어 들여왔다. 현금 수송차 같은 데에 음식을 실어 경찰이 검문하는 출입문을 통과한 후 왕실 안으로 들어왔다. 그러다 보니 주방 직원들이 모두 외부인이라서 전쟁 중에 음식이 제대로 조달되지 못할 수도 있었고 왕실 출입도 통제해야 했다. 때문에 우선적으로 왕의 음식들을 준비해서 냉동시킨 후, 지하 벙커Bunker에 비상식량으로 비축하는 작업이 시작되었다.

1월 13일에는 화생방에 대비하는 방독의와 방독면이 공급되어 사용 연습을 했다. 불과 얼마 전에 사담 후세인이 이라크의 한 마을 전체에 생화학 실험을 해서 아이들을 포함한 마을 주민 전체가 죽은 사건이 있었기 때문이다. 나도 신문에서 그 기사와 사진을 봤다. 끔찍했다.

제공된 방독의는 우주복 같아서 그런대로 편했지만 방독면은 너무 꽉 조여 얼굴이 심하게 아팠다. 그 불편함은 이내 심리적인 불안으로 부풀어 올랐다. '도대체 왜 나는 피해갈 수 있었던 불운을 내 발로 찾아와서 무릎을 꺾고 그 앞에 엎어져 있는 걸까?'라는 생각이 들기도 했다. 게다가 나중에 알고 보니 왕실 가족들이 쓰는 것과 우리 직원들이 쓰는 산소마스크의 종류가 달랐다. 왕실 가족용은 독일제로 8시간 동안 산소가 공급되는 것이고, 왕실 직원들에게 제공된 마스크는 4시간짜리였다. 더구나 아이러니하게도 내 손에 들린 4시간짜리 방독면의 뒷면에는 'Made in Korea'라고 적혀 있었다. 한국의 '삼공물산'에서 만든 방독면이었다.

다른 때 같았으면 'Korea'란 글자만 봐도 가슴이 뭉클할 정도로 반가웠을 텐데 이때만은 뭐라 형용할 수 없이 복잡한 심정이었다. 그런데 그 순간 더 신경이 쓰였던 것은 내가 가진 마스크가 4시간짜리라는 묘한 절망감보다 하필 품질이 떨어지는 방독면이 한국제라는 사실이었다. 내가 얼마나 애국자라고 이 상황에서 죽음에 대한 두려움보다 이런 마음이 앞서나 싶었다. 나 자신을 이해할 수 없었지만 아마도 전쟁에 대한 공포가 그리 크지 않아서일 거라고 스스로 결론 내렸다. 어쨌든 내가 이 전시에 가장 확실한 안전지대라 할 만한 곳에 있는 건 사실이니까. 그러면서도 생각은 또 이어졌다. 혹시 8시간짜리가 한국제였으면 기분이 더 나았을까? 아마 그 상황에서는 또 내 나라에서 만든 더 좋은 마스크도 쓰지 못하는 운명이라는 것 때문에 절망했을지도 모른다. 말하자면 어떤 상황이더라도 나는 자존감을 상실할 수밖에 없었을 것이다.

방독면을 들고 있자니 멍한 상태에서도 별별 생각이 다 들었다. 돌아가신 엄마부터 시작해서 그리운 사람들의 얼굴이 차례대로 떠올랐다. 그들을 다시 만나지 못하는 건 아닐까.

중·고등학교 시절에 매달 15일이면 민방위 훈련을 받았다. 비닐봉지를 준비할 때도 있었고, "화생방!"이라는 소리가 들리면 손으로 귀나 눈을 가린 후 쪼그리고 앉은 무릎 사이로 코와 입을 넣으며 숨을 참는 훈련도 했다.

그때의 '화생방 경보'는 단지 추상적인 단어에 불과했다. 언젠가 내가 직접 현실에서 만나게 될 상황이니까 미리 연습해 두는 것이란 생각은 단 한 번도 든 적이 없었다. 그저 친구들과 좁고 후미진 곳에 쪼그리고 앉아 밀착되어 있는 것이 불편하기보다는 재밌어서 킥킥거리며 웃다가 선생님께 혼이 나기도 했다. 그런데 이제 와 멀리 남의 나라에서 나 혼자 실전이라니! 근거 없는 억울함에 울컥 목이 메었다.

다음 날, 비상시에 대비한 모든 준비가 끝났다. 우리가 피할 지하는 벙커라고는 하지만 지상의 '야마마 궁'과 거의 같은 규모와 높이를 가진 지하 건물이었다. 그곳은 엘리베이터도 있고 골프카를 이용할 수 있는 지하도도 있었다. 우리는 적어도 몇 달은 너끈히 버틸 수 있는 분량의 음식과 옷, 그 외의 일상용품들을 지하 벙커로 옮겼다.

이윽고 1월 16일 새벽 2시쯤, 국방 장관인 아미르 술탄에게서 온 전화를 받은 왕은 우리 모두에게 지하 벙커로 이동하라는 명령을 내렸다. 이라크가 이스라엘을 향해 미사일을 쏜 것이다. 지하로 내려가는 일행은 모두 서른 명쯤이었다. 아직 직접적인 전쟁의 피해를 당한 것도 아닌데 두려워 우는 사람들도 있었다. 하지만 나는 한국에서 사는 동안 전쟁이라는 단어가 그리 낯설지 않아서인지 의외로 담담했다.

어쩌면 그것은 내가 전쟁을 직접 겪어 보지 못한 세대이기 때문에 가질 수 있는 만용일지도 모른다. 하지만 어릴 때 학교에서 한 달에 한 번씩 했던 민방위 훈련도 조금은 도움이 되었다는 생각이 든다. 나는 경험자답게(?) 그 누구보다도 침착하게 내 방독면을 들고 지하 벙커로 내려가면서 알 수 없는 두려움 때문에 훌쩍거리는 동료들을 위로했다.

"괜찮아. 우린 죽지 않아."

그런데 내려가는 엘리베이터 안에서 우연히 하난이 누군가에게 말하는 소리를 듣고는 침묵할 수밖에 없었다.

"지하라서 공기가 부족해질 수도 있는데 외국인들도 같이 내려가는 거야?"

평소에 그녀를 친구나 가족처럼 여겼던 나는 충격이 컸다. 그녀가 딱히 나를 지목해서 그런 말을 한 게 절대로 아니란 것을 알면서도 마음이 서늘했다. 내가 여기서 아무리 열심히 일하고 그들과 인간적인 교류를 이어간다고 해도 나는 한 사람의 인간이기 전에 한 뭉치로 분류되는 그저 '외국인'이었다. 사실이기도 하고, 변할 수 없는 조건이란 것도 알지만 이곳에서 보낸 6년이란 시간이 하찮게 내동댕이쳐진 기분이었다. 그러니까 결국은 그런 것이었구나…… 하는.

지하 벙커에 도착한 우리는 해치가 있는 중앙의 메인 통로를 지나면서 굵은 물 호스로 머리부터 신발 끝까지 소독을 하고 들어갔다. SF영화에 나오는 것처럼 삼중쯤 되어 보이는 원형 철문으로 만들어진 출입문에는 사복의 군인들이 양쪽을 지키고 서 있었다. 우리는 입고 있는 방독의나 운동화를 잘 때도 벗지 못했다.

나는 지하로 내려오기 전에 내 물건을 두 박스에 나누어 정리한 후, 방의 양쪽 구석에 각각 하나씩 올려놓고 유서를 써 두었다. 혹시 내가 이 전쟁에서 죽은 후, 내 물건이 발견되면 한국의 가족들에게 보내 달라는 내용이었다. 맨 마지막에는 한국의 집주소를 꾹꾹 눌러 진하게 썼다.

1월 21일 밤에는 잠자리에 든 지 30분밖에 안 된 왕이 다시 일어났다. 사담 후세인이 사우디아라비아의 다하란에 미사일을 쏘았기 때문이다. 그리고 이틀 후에는 리야드도 미사일 공격을 받았다.

이날 우리는 거실에 모두 모여서 TV를 보고 있었다. 지하로 내려간 뒤로 TV는 정규방송을 중단하고 '코란' 방송만 계속 내보내고 있었다. 그러다 국방 장관이 전화로 리야드를 향해 미사일이 발사되었다고 알려오는 것과 거의 동시에 TV 화면이 붉게 변하더니 굵고 검은 글씨로 'Warning'이라는 자막이 불길하게 나타났다.

그것을 본 사람들은 모두 떨리는 손으로 자신의 방독면을 썼다. 나도 내 방독면을 썼는데 며칠 전부터 쓰고 벗는 연습을 여러 번 했는데도 손이 떨려서인지 제대로 되지 않았다. 간신히 방독면을 쓰고 나서 주위를 둘러봤더니 그때까지도 방독면을 쓰지 않은 사람이 딱 한 명 있었다.

바바 파드…… 바로 왕이었다.

그는 방독면을 쓰지 않은 채 표정의 변화나 미동도 없이 그대로 앉아 있었다. 순간 나는 '뭐지? 왕은 원래 방독면을 쓰면 안 되나?'라는 생각을 했다. 주변 사람들을 둘러보았지만 방독면 때문에 표정을 살 필 수가 없었다. 아무도 방독면을 벗어 주는 사람이 없는데다 왕도 너 무나 의연한 표정이라 뭔가 불안하면서도 내가 미처 모르고 있던 어떤 규율이 있나 하는 생각만 했다.

다행히 공습경보는 3분 정도였다. 하지만 평소에는 잠깐이었을 그 3분이 결코 짧지만은 않았다. 곧이어 이라크의 스커드 미사일이 격추 되었다면서 TV의 빨간 화면이 다시 코란 방송으로 바뀌었다. 모두들 방독면을 벗었다. 공습이 해제되었으니 환호해야 할 그 순간, 아무도 말하는 사람이 없었다. 말은커녕 모두가 착잡하고 두려운 표정이었다. 순간 나도 뭔가 확실히 잘못되었다는 것을 눈치챘는데, 이내 파랗게 질려서 울상을 하고 있는 샤리파가 눈에 들어왔다.

그녀는 왕의 시녀였다. 그러니까 그녀가 왕의 방독면을 챙겨 오는 것 을 잊었던 것이다. 그런데 어떻게 자신의 방독면을 벗어서 왕에게 주 는 사람이 한 명도 없었을까? 왕비를 포함해서 곁에 있는 사람들 모두 가 가족이나 측근들이었는데…….

나처럼 일하러 온 외국인들이야 그렇다 쳐도 평소에 왕을 대하는 그 들의 태도로 보았을 때 나로서는 정말 믿을 수 없는 일이었다. 왕을 위 해 목숨까지 내놓으면서 충성하는 일은 정말 영화나 텔레비전의 사극 에나 나오는 일인 걸까? 모두들 화생방 경보가 끝났는데도 정작 경보 가 발령되었을 때보다 더 무거운 침묵을 감당해야 했다. 그제야 왕의 표정도 조금 흔들렸다.

그는 무슨 생각을 했을까? 자기 주변 사람들의 모든 것, 그들의 목 숨까지도 자기 마음대로 할 수 있다고 믿었던 그가 그 순간 무슨 생각을 했으며, 누구에게 화가 나고, 누구를 원망했을까? 그가 측은했다. 세상 어디에서 어떤 모습으로 살아가든 인간은 결국 혼자라는 생각에 가슴이 뻐근했다.

'나 혼자 낯선 이 사막의 나라에 뚝 떨어져 사는 게 아니었구나. 세상이 바로 사막이구나. 단지 우리는 관계를 통해 오아시스를 찾아가고 있을 뿐이구나. 어디에 있는지 짐작할 수도 없지만 그래도 어딘가에는 있다고 믿으면서. 설령 그것이 신기루라 할지라도.'

마치 혼자만 방독면을 쓰지 못하고 공습경보를 지나온 사람이 왕이 아니라 나인 것만 같았다. 지독하게 쓸쓸했다. 하지만 마음 한구석이 무심한 듯 편해지는 이상한 쓸쓸함이기도 했다.

그때 이 무거운 분위기를 깨면서 전화벨이 울렸다. 모두들 전화벨 소리가 마치 천둥 번개 소리라도 되는 듯 화들짝 놀랐다. 미사일이 격추되었다는 국방 장관 술탄의 보고 전화였다. 사람들은 이미 TV를 통해서 다 알고 있으면서도 마치 이제야 처음 듣는 소리인 양 서로 껴안으며 기뻐했다. 어쩌면 미사일이 격추되었다는 소식 때문이 아니라, 견디기 힘들었던 침묵을 격파한 전화벨 소리가 더 고마웠던 것인지도 몰랐다.

하지만 사람들의 마음속에는 여전히 걱정과 두려움이 남아 있었다. 나는 그것을 느낄 수 있었다. 그는 왕이니까. 그리고 사소한 일로도 목숨을 잃을 수 있는 절대 왕권의 나라 안이니까.

그때 왕이 말했다.

"애야, 차를 가져오너라."

잠시 후에 샤리파가 여전히 하얗게 질린 얼굴로 내 쪽으로 왔다. 혹시나 쓰러지지 않을까 걱정스러울 정도였다. 그녀는 왕의 방독면을 가지러 지상으로 올라가야 하는데 무서워서 혼자서는 도저히 못 가겠다며 함께 가줄 수 있느냐고 물었다. 그동안 샤리파와의 우정도 있었지만 평소에 잘 대해 주셨던 왕을 생각해서 기꺼이 함께 올라갔다.

지상으로 올라가 보니 평소에는 언제나 물소리가 넘쳐서 사막이란 느낌이 안 드는 곳이었는데 분명히 뭔가 달랐다. 작은 폭포 같은 물은 여전히 넘치고 있었지만 어딘가 을씨년스러웠다. 그동안 인적이 끊어졌기 때문이기도 하지만 '전쟁이 이런 거구나'라는 생각을 안 할 수가 없었다. 직접적인 파괴가 아니라 해도 한순간에 성성하던 정기를 죽이고 가장 빠른 시간 안에 모든 것을 황폐하게 만드는 게 전쟁이라는 생각에 소름이 돋았다. 다시 지하로 내려오면서도 어쩐지 자꾸 뒤를 돌아보게 되었다.

왕의 방독면을 챙기지 못한 치명적인 실수를 한 샤리파에게는 주변의 우려와는 달리 아무 일도 일어나지 않았다. 오랫동안 왕이 늘 흡족해할 만큼 일을 잘했던 덕분이기도 하겠지만 왕의 인품이 작용하지 않았다고 말할 수는 없었다.

오래전에 이런 이야기를 들은 적이 있다. 어느 날, 왕이 차 맛이 이상하다고 해서 조사를 했더니 찻물에 작은 천 조각이 들어 있었다. 결국 이것을 미처 보지 못하고 그냥 차를 끓였던 사람은 본국으로 쫓겨났다고 한다. 때문에 그런 큰 실수를 하고도 별 탈이 없는 샤리파를 보면서 왕을 향한 내 존경심은 더 커졌다.

지금도 가끔 생각난다. 그 무시무시한 침묵을 깨고 그가 했던 한 마디.

얘야, 차를 가져오너라.

　지하 벙커에서 지낸 지 한 달이 넘어가자, 가끔씩 어떤 이들은 마음의 평정을 잃고 불안해하며 울기도 했다. 특히 고국인 에티오피아에 약혼자가 있는 누라가 많이 울었다. 나는 그들과 똑같은 상황이면서도 그들을 안아 주며 위로했다. 이상하게 지하에서 지낸 그 시간이 나를 꽤 변화시켰다는 생각이 들었다. 삶에 대해, 나 자신에 대해 그동안 다분히 감상적이었다면 이제는 정신을 가다듬고 적당히 냉정해지고 있는 나를 발견했다. 싫지 않은 변화였다.

　세상 밖의 소식을 정확히 알 수는 없었다. 모든 텔레비전이 정규방송을 중단하고 코란을 낭송하는 방송만 내보냈다. 이라크의 미사일 공격이 있을 때면 그마저도 중단한 채 화면이 붉게 변하면서 검은 글씨로 'Warning'이라는 단어만 계속 흘러갔다.

　아무래도 한국에 있는 식구들의 걱정이 클 것 같았다. 어느 날, 왕이 잠든 사이에 왕의 비상 전화기를 이용해서 한국의 정애 언니에게 전화를 했다. 언니는 지금 특별기가 사우디에 있는 한국인들을 수송 중이라면서 빨리 오라고 울먹이다가 아예 화를 냈다.

　"그래도 거의 6년을 같이 살았는데 어떻게 나만 살자고 떠나겠다고 해. 지금은 안 돼. 그건 못해. 죽으면 죽었지……."

　전화기 너머의 언니는 아무 말이 없다가 가늘게 흐느끼기만 했다.

　2월로 접어들자 이라크 군의 전쟁 포로가 2만 명이 넘고, 그동안 리야드도 여러 번 미사일 공격을 받았으며, 도움을 주려는 다른 나라들의 모든 군사력이 쿠웨이트로 집결되었다는 등의 소식이 차례로 전해졌다. 그러다 전쟁이 끝나고 3월 1일, 우리는 지상으로 올라왔다. 우리에게는 지하에서 지낸 42일 동안의 전쟁이었지만 파드 왕에게는 7개월간의 전쟁이나 다름없었다.

지상으로 올라오고 나서 며칠 후 우리는 쿠웨이트와 사우디의 국경지대에 있는 사막으로 떠났다. 사막으로 가는 도중에 왕실 운전기사인 수단 사람과 대화를 하게 되었다. 그는 왕실 기사지만 생활은 왕실 밖에서 하고 필요해서 부를 때만 왕실 출입을 할 수 있었다. 나는 그에게 우리처럼 왕과 함께 안전지대로 피하지 못한 사람들은 어떻게 견뎠는지 물어보았다.

"미사일 공격이 있을 때마다 침대에 가서 누웠어요. 죽더라도 침대에서 편안하게 누운 상태로 죽고 싶어서……."

그 말을 듣자 가슴이 미어져서 더 이상 아무 말도 할 수 없었다. 그말에는 살아가는 일이 너무 힘들어서 죽음만이라도 가장 편한 자세로 맞고 싶었다는 고단한 소망이 들어 있었다. 왕실 사람들과 지하에 대피해 있었던 나나, 밖에서 고스란히 위험에 노출되어 있었던 수단 운전기사나 별다르지 않은 심정이 되어서 더 이상 대화를 나누지 못했다.

목적지에 도착했을 때 보이는 풍경은 전쟁이 끝났다는 것을 믿을 수 없을 만큼 심란했다. 이라크의 공격으로 파괴된 쿠웨이트의 정유시설에서 뿜어 나오는 검은 연기가 태양을 가려 대낮인데도 칠흑 같은 어둠이 계속되고 있었다. 파괴된 유전지대 가까이에서는 솟아오르는 불길과 유독가스 때문에 숨 쉬기도 힘들었다. 그래도 이쪽에서 전쟁이 끝나 얼마나 다행인지, 모두들 한낮의 검은 하늘을 쳐다보며 저마다의 이유로 안도의 숨을 쉬었다.

그날 밤 잠자리에 누웠을 때, 낮에 만났던 운전기사의 말이 다시 떠올랐다. 그리고 죽더라도 내 나라 내 고향으로 돌아가 죽고 싶다고 중얼거리는 나를 발견했다. 문득 어떤 신호처럼 어디선가 읽었던 글귀들이 떠올랐다.

> 북극곰은 마취제 주사를 맞은 뒤 비행기에 실어 무려 500km나 떨어진 곳에 데려다 놔도 자기 집을 여지없이 찾아간다고 한다. 얼음뿐인 불모지에는 어떤 냄새도, 어떤 지형적 표식도 없고, 빙하가 수시로 떨어져 나가면서 수로가 자주 바뀌는데도 반드시 자기 집을 찾아간다는 것이다. 또한 연어는 자기가 태어난 강이나 개울로 돌아가기 위해서 3,200km를 헤엄쳐 간다고 한다. 그리고 남극의 제비는 고향으로 되돌아가기 위해 북극에서 남극까지 무려 3만 5,200km를 날아간다고 한다. 한편 동물원에 갇혀 고향으로 돌아갈 수 없는 알래스카 산새는 언제나 자기 고향이 있는 북쪽을 바라보며 앉는다고 한다.
> — 『집념의 인간 야곱: 야복강을 넘어서』(송봉모, 성바오로딸수도회) 중에서

가슴이 뻐근하고 눈물이 흘렀다. 대책 없는 귀소 본능이 발동한다는 것은 이제 돌아갈 때가 되었다는 뜻일까?

사막을 떠나며

해가 지고 나면 한낮의 뜨거운 열기가 까마득하게 느껴질 만큼 갑자기 추위가 찾아온다. 일몰 후에는 도마뱀들이 유난히 기승을 부렸다. 한기가 느껴져 옷을 찾아 한 겹 더 껴입을 때마다 지금 내가 느끼는 이 추위는 체감온도가 아니라 심감^{心感}온도일 거란 생각을 하기도 했다.

사우디 사람들은 가끔 사막에 텐트 하나만 달랑 쳐 놓고 샤이를 마시며 밤새 얘기하는 것을 좋아한다. 물론 그런 장소는 정해져 있다. 아무 곳에서나 야영을 하다가는 밤사이 모래 지형이 바뀌어서 길을 잃고 돌아오지 못할 수도 있기 때문이다. 나도 몇 번 그런 야영을 한 적이 있었는데, 그때 만난 사막의 밤은 그 어떤 풍경으로도 대신할 수 없는 아름다움이었다.

한낮에는 너무 뜨거워서 서로 아득하게 멀어져 있던 사막과 하늘이, 밤이 내리고 서늘한 별들이 맑은 빛을 내놓기 시작하면 드디어 서로에게 스며들며 한 몸이 되는 풍경은 그야말로 은밀하고 신비한 아름다운 내통이었다.

하지만 밤이면 이렇게 아름답던 사막의 풍경도 다시 날이 밝고 지리한 일상이 이어지면 절망의 이름으로 다가올 때가 많았다. 끝없이, 절대로 속을 보여 주지 않으며 이어지는 모래 언덕들. 이제 막 모래 능선을 하나 넘어 한숨 돌리려고 하면 다시 또 앞을 가로막는 똑같이 생긴, 그러나 다른 모래, 모래, 모래 언덕들……. 모래 위든, 땅 위에서든 어디에서나 사는 것은 다 비슷하다고 나를 위로해도 바람이 훔쳐 간 모래 위의 내 발자국처럼 내가 안 보이는 날이 많았다.

걸프전이 끝나 갈 무렵부터 갈등이 많았다.

'이대로 이 왕국에서 그냥 살까? 아냐. 그래도 고향으로 돌아가야지. 하지만 이제는 익숙해져서 큰 걱정이나 불편 없이 살고 있는 이 생활도 좋은데, 돌아가면 모든 걸 다시 시작해야 할 거야. 과연 내가 잘할 수 있을까?'

이런 생각으로 뒤척거리며 수시로 반대 방향으로 돌아누웠다. 그리고 한국으로 돌아갔을 때 '누구를 만나야 하고 뭘 하며 살아야 하나'라는 구체적인 현실에 생각이 잡히면 꼭 정전된 낯선 방에 혼자 앉아 있는 기분이었다.

이런 갈등이 전쟁의 여파에 대한 두려움보다 더 커질 무렵 전쟁이 끝났다. 나는 국경지대의 사막에서 파괴된 쿠웨이트의 원전을 보고 돌아온 후에 결심했다. 어쩌면 그때 만난 수단 운전기사의 말 때문이었는지도 모른다.

'돌아가자. 이건 내 것이 아니잖아? 남의 것에 얹혀서 이 정도의 시간과 이만큼의 경험을 한 거면 충분해. 뭔가 조금 아쉬운 듯한 이쯤에서 끝내는 게 현명한 거야. 그리고 아무리 시간이 더 지난다 해도 이건 절대로 내 것이 될 수 없어. 그러니까 돌아가자!'

오랜 갈등을 정리하면서 맨 먼저 조하라 왕비에게 한국으로 아예 돌아가고 싶다고 말했다. 조하라 왕비는 놀라는 표정으로 왜 갑자기 그런 결정을 내렸냐고 물었다. 내게는 절대로 '갑자기'가 아닌, 긴 시간 동안 방황하듯 내린 결정인데 그녀는 전혀 뜻밖이라는 표정이었다. 내가 아무에게도 내 갈등이나 그리움을 들키지 않고 살아온 모양이었다. 왕비는 섭섭하지만 네가 원한다면 왕에게 말해 주겠다고 했다. 그 뒤 여러 날이 흘렀지만 아무런 대답을 듣지 못했다. 그러던 어느 날 물리치료를 받던 왕이 내게 말했다.

"아이샤, 내 곁에 있는 사람들 중에서 남자 하나를 골라 줄 테니까 결혼해서 여기서 우리랑 살자."

뜻밖의 제안이었지만 내게는 전혀 실감이 나지 않는 말이었다. 어떻게 결혼을 사랑하는 사람이 아닌 남이 정해 주는 남자와 하느냐는 생각도 들었다. 분명 왕으로서는 크게 마음을 써 주신 것이라 감사했다. 하지만 아무리 그래도 한국으로, 고향으로 돌아가겠다고 정한 마음은 흔들리지 않았다.

"너무 감사한 말씀이지만 저는 꼭 한국으로 돌아가야 합니다."

"그 이유가 무엇이냐?"

순간적으로 별로 망설이지도 않고 거짓말을 했다.

"한국에서 절 기다리고 있는 약혼자가 있습니다."

6년 동안 왕실 안에서 가족처럼 사정을 빤히 알며 지냈으니 왕이 내

거짓말을 모를 리가 없었다. 하지만 왕은 아무 말도 하지 않았다. 왕에게 거짓말을 하고도 별로 가책을 느끼지 않을 만큼 내 결심은 단단했고 마음은 벌써 고향에 가 있었다.

그리고 일주일 후, 한국으로 돌아가도 좋다는 연락을 받았다.

출국일을 받아 놓고 평소에 가깝게 지냈던 왕실 사람들과 작별인사를 했다. 왕궁 내에 있는 로열 클리닉의 의사들에게도 인사를 하러 찾아갔다. 왕의 주치의인 '마지드'와 왕비와 왕자의 주치의인 '임티야스'는 너는 그동안 한국의 외교관이라 해도 손색이 없을 정도였다며 혹시 필요하면 쓰라고 추천서를 써 주었다.

꼼꼼하게 인사를 챙기고 그동안 늘어난 짐을 정리하면서 가방을 쌌다. 내가 아끼던 옷가지라도 가깝게 지낸 사람들에게 선물하고 싶었는데 모두들 나보다 훨씬 체격이 좋아서 사이즈가 맞지 않아 줄 수 없었다. 오히려 같이 일하던 사람들에게 각자 제 나라에서 가져온 전통 의상을 한 벌씩 선물로 받았다.

그나마 며칠 전에 새로 온 필리핀 여자들이 나와 체격이 비슷해서 그들에게 요긴할 것 같은 원피스를 한 벌씩 나눠 주었다. 내가 처음 사우디에 왔을 때, 하지르가 내게 했던 것처럼…….

가방을 다 싸고 나니 짐이 줄기는커녕 오히려 더 늘어서 짐 가방이 기본보다 10개나 더 추가되었다. 사이즈가 맞지 않아 나눠 주지 못하고 고스란히 싸들고 온 옷들은 치마 길이만 짧게 잘라서 몇 년 동안 잘 입었다.

떠나는 날, 하지르의 언니인 암나는 아무 말 없이 자신이 하고 있던 반지와 귀걸이를 빼서 내 손에 쥐어 주었다.

그동안 함께 지낸 사람들과의 이별도 쉽지 않았고 마지막까지 내가 내린 결정이 과연 옳은 것인지도 확신이 없었다. 그래도 나는 아직도 그 순간을 잊을 수가 없다.

한국으로 가는 비행기를 타기 위해 왕궁을 떠나던 날.

왕궁의 거대한 정문이 천천히 열리고 내가 타고 있는 차가 빨간 베레모를 쓴 왕궁 경호대를 지나 그 문을 완전히 통과했을 때, 이제 내가 더 이상이 이곳에 소속된 사람이 아니라는 사실 때문에 하마터면 큰 소리로 외칠 뻔했다.

나는 자유다!

소리 내지 못하는 내 안의 그 한 마디가 전신을 훑으며 터져 나와 마치 폭포수처럼 나를 덮쳤다. 나는 이제 자유다! 나는 자유다!

나 스스로 선택한 속박이었지만 긴 시간이 흐르다 보니 내 의지만도 아니었던 20대의 6년이 그렇게 과거가 되고 있었다. 고개를 돌려 뒤 창문으로 점점 멀어지는 왕궁과 주변 풍경에게 달콤 씁쓸한 일별을 고하면서도, 마치 긴 전쟁에서 쟁취한 자유를 품은 것처럼 가슴이 터질 것 같아서 서운함도 이내 잊고 말았다.

김포공항에 도착하니 엄청난 짐 가방을 보고 놀란 공항 직원들이 가방마다 일일이 열어 봤지만 별것도 없는 시시한 이삿짐이라 쉽게 통과되었다. 하지만 내게는 소소한 물건 하나하나마다 쉽게 잊히지 않을 추억이 묻어 있었다.

"그런데 언니! 왜 공항에 이렇게 내시들만 가득한 거야?"

내 말이 무슨 뜻인지 몰라 어리둥절하던 언니는 나중에서야 말뜻을 알아채고 큰 소리로 웃었다. 몇 년 동안 수염과 구레나룻이 있는 남자들만 보다 왔더니 밋밋한 얼굴의 한국 남자들이 너무 낯설었다. 이런!

뜻밖의 제안

한국에 돌아오기만 하면 모든 것이 마음 편할 줄 알았는데 막상 닥치니 그게 또 생각 같지 않았다. 돌아오자마자 긴장이 풀어졌는지 급성간염으로 고생을 했다. 무엇보다도 생필품을 사는 것처럼 지극히 평범하고 사소한 일상에도 적응하지 못해서 난처한 경우가 많았다.

그리고 어디서나 넘치는 사람과 자동차 때문에 평지에서도 멀미를 했다. 남들은 습관처럼 쉽게 하는 일로도 몸과 마음이 삐걱거리니 피곤하다 못해 짜증이 날 정도였다. 언니는 차차 적응이 될 테니 너무 조급하게 마음먹지 말라고 했지만 마음 한쪽에서는 슬그머니 별 기복 없이 이어지던 사우디에서의 생활이 그립기도 했다. 어쩌면 사우디에서의 6년은 물리적인 수치보다도 훨씬 더 깊게 내 인생에 개입된 것인지도 몰랐다.

이런 생각이 들수록 대책도 없이 덜컥 삶의 자리를 옮긴 게 실수였을까 봐 불안했다. 모든 것을 다 감싸주고 해결해 주리라 믿으며 찾아온 집에 주인은 없고 텅 빈 집마저도 자물쇠가 채워져 있는, 그런 느낌이었다.

그러던 어느 날, 사우디에 있는 동안 길렀던 머리를 자르고 파마나 할까 싶어서 가까운 미용실에 갔다. 파마를 하는 동안 주인과 이런저런 얘기를 나누었는데, 알고 보니 그녀는 막내 동생 시댁 쪽과 먼 친척이었다.

"그럼…… 혹시 그 사우디 언니?"

내가 웃으면서 아마 맞을 거라고 했더니 호들갑스러울 만큼 반가워하면서 나에 대해 이미 많이 들었다고 했다.

"사실은 내가 아는 사람 중에 축음기 박물관을 하려고 준비 중인 이가 있어요. 돈도 투자할 준비가 되어 있고 그동안 모아 놓은 축음기들도 꽤 있어요. 그런데 제대로 된 박물관을 만드는 일은 혼자서 할 수 없는 일이라 도와줄 만한 사람을 찾고 있는데 그게 어려운가 봐요. 강릉 바닥이 좁다 보니 마땅하게 능력 있는 사람을 못 찾겠다며 걱정하더라고요. 축음기를 주로 외국에서 사 오니까 기본적으로 영어로 의사소통이 가능해야 하고, 이런저런 경험도 풍부한 사람이면 좋겠다면서. 그런데 언젠가 우리 동생네한테 사우디 언니 얘기를 들으면서 막연하게 이분을 소개해 주면 참 좋겠다는 느낌이 딱 왔어요. 근데 그때는 아직 사우디에 있다고 해서 그동안 아예 말도 꺼내지 않고 있었는데, 인연이 되려니 또 이렇게 만나지네요?"

긴 수다에 끼어들지도 못하고 간간이 "아, 네" 소리만 하고 있었는데 그녀가 갑자기 말을 끊더니 어딘가로 전화를 했다. 잠시 후, 흰 양복에 흰 구두까지 갖춰 신은 남자가 미용실로 들어섰다.

때마침 나는 파마를 다 말고 스티머를 뒤집어쓴 채 앉아 있었다. 누군가를, 더구나 공적인 이유로의 첫 대면에는 전혀 어울리지 않는 꼴로 앉아 있는 내게 그 남자가 다가왔다. 그리고 간단하게 자신을 소개하면서 지금은 좀 곤란해 보이니 몇 시간 후에 다시 만나서 얘기를 나누고 싶다고 했다. 그날 저녁, 강릉 공항 부근의 횟집에서 그와 함께 저녁을 먹었다. 그가 바로 현재 강릉에 있는 '참소리 축음기·에디슨과학박물관'의 관장인 손성목 씨였다.

손 관장님은 어릴 때 아버지에게 선물받은 콜롬비아 축음기 G241호에서 흘러나오는 참소리에 매료되어 지금까지 평생을 축음기 수집에 바친 분이다. 세계 60여 개국에서 수집한 것들은 축음기뿐만 아니라 뮤직 박스, 라디오, TV 등 다양한데 특히 에디슨의 발명품은 5,000여 점이나 된다. 이 분량은 에디슨의 총 발명품 중에 3분의 1 정도를 차지하는 양이라고 한다.

지금의 '참소리 축음기·에디슨과학박물관'은 강릉시 저동의 경포호수 근처에 2개의 큰 건물로 이루어져 있지만, 처음 박물관을 지었던 1992년 당시에는 송정동의 작은 아파트 단지 안에 있었다.

나는 저녁을 먹으면서 듣게 된 그의 계획과 신념에 감탄했다. 그때만 해도 강릉에는 이렇다 할 사립 박물관이 없어서 자비로 박물관을 세운다는 자체만으로도 충분히 매력적인 계획이었다. 무엇보다도 축음기라는 품목뿐만 아니라 축음기에 대한 그의 열정에 덩달아 마음이 설레고 일 욕심이 났다. 하지만 내가 얼마나 잘할 수 있는지 가늠하기도 어려운데다, 전에는 한 번도 생각해본 적이 없는 종류의 일이라서 조심스러웠다.

"이제 박물관 건물 공사에 들어가려고 합니다. 그런데 그보다도 먼저 정식으로 박물관 등록을 해야 돼요. 또 그동안 제가 외국에서 사온 축음기들을 계통 있게 정리하고, 목록도 작성해야 하는데 지금까지 그 일에 손도 못 대고 있어요. 믿고 맡길 만한 사람을 찾지 못했거든요. 그런데 이렇게 만나서 얘기를 나눠 보니 딱 제가 찾던 분이라는 생각이 드네요. 내일 당장 사무실에 자리를 만들 테니 함께 일해봅시다."

"말씀은 감사한데 제가 한 번도 해보지 않은 일이라 잘할 수 있을지 자신이 없습니다. 하지만 너무 매력적인 계획이라 솔직히 일 욕심도 나는군요. 그러니 일단은 '개관할 때까지만'이라는 시한부를 달고 일을 시작하는 건 어떨까요? 물론 그때 가서도 마음이 변하지 않는다면 계속할 수도 있고요."

"좋습니다! 그럼 내일 당장 제 사무실로 나오시는 거죠?"

다음 날, 사무실로 찾아갔더니 정말 내 자리가 마련되어 있었다. 우선 맨 먼저 문화부 박물관 등록 신청에 필요한 서류를 꾸미고 그동안 수집해 온 축음기의 목록을 작성하는 일부터 시작했다.

박물관 건물이 지어지는 동안에도 축음기 수집은 계속되었다. 새로운 축음기가 하나씩 들어올 때마다 족보와 특징을 찾아 기록하고 분류하는 일이 점점 더 재미있어서 사우디에서의 생활은 거의 다 잊고 살았다.

일을 하지 않거나, 싫은 일을 억지로 하며 적응하려 했다면 꽤 힘들었을 시기였는데 다행히 재미있고 보람 있는 일을 하게 되어 고비를 잘 넘기고 있었다. 특히 영국의 소더비 경매를 통해 들여오는 축음기는 크기와 종류가 다양했고 그 가치도 점점 높아져서 일하는 재미를 더했다.

축음기는 대개 못을 사용하지 않고, 무닛결이 아름다운 마호가니나 오크 등의 나무로 만든다. 미국에서 만든 축음기는 외장이 화려한 반면 영국은 단아했다. 독일은 외장보다 내부 모터가 정말 훌륭해서 100년 지났어도 대부분 사용할 수 있었다. 역시 기계라면 독일이라는 말이 축음기에서도 예외는 아니었던 모양이다. 왕실용 축음기는 외관을 금장으로 마무리해서 더욱 화려했는데, 당시에는 축음기가 소리통일 뿐만 아니라 실내를 아름답게 장식하는 가구의 일종이기도 했기 때문이다.

강릉시 송정동의 아파트 단지 안에 박물관 건물이 완공되자 축음기들을 연대별로 나눠서 전시를 기획했다. 그러다 보니 자연히 소리를 저장, 즉 녹음하는 기술의 역사와 발전의 변천사에 대해 공부하게 되었다. 또한 에디슨의 새로운 면모도 만날 수 있었다. 이런 재미에 푹 빠져서 쉬는 날 없이 계속된 3개월 남짓의 시간이 힘든지도 모르고 지나갔다.

나는 박물관이 개관하고 난 뒤에 영국으로 휴가를 가게 되었다. 말이 휴가지, 사실은 출장이었다. 손 관장님은 소더비 경매에 에디슨이 발명한 최초의 벽걸이 전구가 나온다는 정보를 입수하고 나에게 경매에 참여하라고 했다. 관장님이 직접 갈 수도 있었지만 나를 보낸 데는 그동안 내가 수고했다고 요령껏 좀 쉬고 오라는 뜻이 담겨 있었다.

당시에는 해외 송금의 한도가 낮고 절차도 까다로웠다. 그래서 궁리 끝에 경매에 필요한 돈을 내가 직접 현금으로 가져가기로 했다. 그러니 당연히 비행기를 탈 때도 신고할 수 없었다. 어떤 방법으로 현찰을 가지고 나갈 수 있을까 궁리하고 있을 때, 어느 분이 편법을 가르쳐 주셨다. 달러를 랩에 돌돌 말아서 가방 밑창 아래에 숨기면 엑스레이에 나오지 않는다는 것이다. 가슴이 두근거리는 일이었지만 경매에 나온 물건을 꼭 가져와야 한다는 마음에 그 방법을 사용하기로 했다.

비행기를 타던 날, 공항에 배웅 나온 직원들과 관장님은 만일 들켰을 때를 대비해 비행기의 이륙 사인이 날 때까지 그대로 공항에서 기다렸다고 한다. 결과는 성공이었다. 지금 되돌아보면 가슴 떨리는 일종의 범법 행위지만 그 돈을 나쁜 데 사용한 것이 아니니 즐거웠던 에피소드 정도로 남겨 두고 싶다.

경매가 끝난 후에도 약 한 달 정도 더 머물며 영국과 스코틀랜드의 시골에서 열리는 벼룩시장을 뒤지고 다녔다. 그 어느 곳보다도 오랜 역사와 전통을 보전할 줄 아는 나라답게 평범한 사람들의 다락방과 뒷골목에서 나온 자잘한 소품 중에서도 예사롭지 않은 것들이 많았다. 목적이 있으니 마음에 드는 것을 모두 구입할 수는 없었지만 사람의 손때에 닳고, 세월과 함께 낡아간 옛 물건들이 주는 아늑한 기운을 듬뿍 받아서 구경만으로도 행복했다.

이렇게 여유 있게 벼룩시장을 돌고 주변의 풍경에 젖어들다가 저녁쯤 호텔로 들어가면 내 앞으로 팩스가 여러 장 와 있었다. 손 관장님이 이미 이쪽 분야에서는 큰손으로 소문이 나 있던 터라 영국의 골동품 수집, 판매상들이 나를 만나기 위해 자기네 가게에 꼭 들려 달라고 보낸 팩스였다.

영국에서의 일정을 마친 후 한국으로 돌아올 때, 소더비 경매에서 산 에디슨의 벽걸이 전구를 마치 신줏단지 모시듯 바닥에조차 내려놓을 수가 없었다. 그래서 비행기를 타고 오는 내내 그 전구를 내 무릎 위에 올려놓았다.

외국에서 산 물건들을 배로 들여와서 통관하는 일도 만만치가 않았다. 그래서 그 무렵에는 김포 세관과 부산 세관을 그야말로 문턱이 닳도록 드나들었다. 세관에서는 벼룩시장에서 구입한 소소한 물건들도 오래된 것이라는 이유만으로 골동품으로 의심했기 때문에 이 물건들이 박물관 전시용이라는 사실을 이해시키는 일이 가장 힘들었다.

아직까지도 특히 기억에 남는 것은 에디슨의 전기 자동차를 들여오던 때의 일이다. 물건이 부산항에 들어와 통관 절차를 밟으러 갔는데 항구에는 이미 어마어마한 양의 컨테이너들이 있었다. 저 많은 컨테이너 어느 구석에 내가 찾는 에디슨의 자동차가 있을지 아득할 정도였다. 자동차는 모두 분해되어 여러 상자에 나눠져 있는 상태였다.

세관을 통과하려면 세관원이 검수를 해야 하는데 이 양반이 아예 접수조차 받지 않고 그냥 기다리라고만 했다. 하지만 나는 무작정 기다릴 수가 없었다. 될 수 있는 한 빨리 자동차를 찾아서 박물관에 전시하고 싶어 애가 탔다. 그래서 며칠 동안 항구 부근의 여관에 머물면서 날마다 찾아가 설득했다.

내가 하도 끈질기게 보채니까 마침내 세관원이 접수를 받아 주었는데 이번에는 검수하는 게 큰일이었다. 컨테이너들이 너무 많았던 것이다. 나는 세관원과 함께 그 많은 컨테이너를 뒤져서 에디슨의 차가 있는 곳을 찾아 들어갔다. 그런데 하필 또 컨테이너의 맨 안쪽에 있었다. 밖은 가만히 앉아 있어도 땀이 줄줄 흐르는 여름이었으니 컨테이너 안은 두말할 것도 없이 찜통 속 같았다.

138

분해된 차는 마치 이사갈 때 그릇을 싸듯이 포장되어 나무 박스 안에 들어 있었다. 그걸 모두 하나씩 풀어서 일일이 검수해야 했다. 정말 땀이 비오듯 흐르고 숨이 턱턱 막혔다. 그래도 다행히 별 탈 없이 검수가 끝나고 트레일러에 짐을 실어 강릉으로 보내며 나도 뒤따라 출발했다. 그때 완전히 분해되어 들어와 나를 힘들게 했던 에디슨의 자동차는 말끔하게 조립되어 지금도 '참소리 축음기·에디슨과학박물관'의 옥외 자동차 전시관에 진열되어 있다.

드디어 박물관을 개관하고 축음기들을 진열하고 나니, 어찌 보면 박물관 유지에 가장 중요하다 할 수 있는 운영의 문제, 즉 관람객 유치라는 문제가 버티고 있었다. 그때까지만 해도 지금처럼 박물관의 종류가 많지 않아서 우선 사람들의 인식이 지금보다 훨씬 못했다. 즉, 박물관이라고 하면 무겁고 따분하고 재미없다는 이미지를 먼저 떠올렸다. 더구나 축음기는 보통 사람들이 영화나 드라마 같은 데서 본 유성기를 떠올리는 게 고작이었다. 무료도 아니고 내 돈까지 내면서 그것을 보러 가겠다는 마음이 생기는 품목은 절대 아니었다.

그래서 일단 세운 계획이 '에디슨의 발명품'이라는 슬로건을 내걸고 전국의 학생들이 보러 오게 하자는 것이었다. 때문에 한동안 사학과 출신 학예사들과 함께 강릉을 포함한 전국의 초, 중, 고등학교에 안내 편지와 포스터를 만들어 보내는 일이 하루 업무의 대부분을 차지했다.

또한 각 학교마다 교장, 교감, 그리고 학년별 담임선생님들께 따로 편지를 보냈고 서울시 교육감과 방송국 문화국장들에게도 자료를 띄웠다. 처음에는 좀 망설였지만 혹시나 하는 마음에 강릉 지역에는 유치원에까지 자료를 발송했다. 가장 먼저 반응이 나타난 곳은 뜻밖에도 망설이며 자료를 보냈던 유치원이었다.

짧은 나들이를 할 곳이 마땅찮았던 유치원에서 호기심 많은 꼬맹이들이 견학을 오기 시작했다. 꼭 병아리나 참새 떼들이 쪼르르 다녀간 것 같아서 정신이 없어도 기분은 더할 수 없이 좋았다. 비록 전부를 기억하지는 못한다 해도 지금 경험한 박물관의 많은 것들이 어리고 순수한 아이들의 기억 속에서 함께 자랄 거라는 기대가 주는 즐거움이었다.

그렇게 몇 군데 유치원이 다녀가고 나니 엄마들 사이에서 '어느 유치원은 축음기 박물관 견학도 갔다 왔다는데 우리 유치원은 안 가나?'라는 식의 소문이 돌았다. 자연스레 박물관을 다녀가는 유치원의 수가 늘기 시작했다. 더구나 축음기 박물관은 전국을 다 뒤져도 특수 품목에 드는 박물관이라 관람 효과의 교육적 측면이 더 두드러졌다.

그래서 이번에는 목표를 좀 더 구체적으로 잡았다. 대상을 초·중·고 학생이라고 광범위하게 잡았던 것을 대입 시험이 끝난 고등학교 3학년 수험생들로 좁혔다.

"시험이 끝난 후의 긴장감을 친절한 해설과 음악이 있는 박물관에서 풀어 보세요."

결과는 성공적이었다. 강릉의 거의 모든 학교에서 고등학교 3학년 학생들이 참소리 축음기 박물관을 다녀갔다.

그때 내가 했던 해설도 반응이 좋았다. 관람객의 연령이나 계층을 고려해서 즉흥적으로 조금씩 바꾸긴 했지만 기본적으로 하는 설명은 비슷했다.

"사진기가 나오기 전에 사람들은 아름다운 것을 그림으로 그려 두었다가 그 모습을 다시 볼 수 있었습니다. 하지만 소리는 발생하는 순간 공기 속으로 사라져서 다시 똑같은 소리를 들을 수 없는 것을 안타까워했습니다. …… 그러던 중 1877년 8월 12일, 뉴저지의 에디슨 연구소에서 에디슨이 직접 부른 'Mary has a little lamb'의 녹음과 재생에 성공했습니다. 이때의 유성기는 구리판에 지금의 쿠킹호일보다 두꺼운 '주석박Tin foil'을 붙여 이를 회전시키면서 소리를 녹음하고, 다시 이것을 돌리면서 진동판에 연결된 바늘이 지나갈 때 소리를 증폭시켜 녹음된 소리가 들리도록 한 것입니다. 물론 완전한 재생은 아니었지만 소리의 녹음과 재생의 역사에 첫 장을 연 것이지요. …… 현재는 SP와 LP를 지나 CD와 DVD까지 왔습니다. 소리의 역사는 그야말로 분, 초를 아끼며 발전했다고 할 수 있습니다. 이렇듯 끊임없이 지속적으로, 그리고 빠르게 소리의 역사가 변천한 이유는 무엇일까요? 소리란, 특히 음악이란, 인간의 삶에서 꼭 필요한 것이기 때문입니다."

그런데 박물관 일을 그만둔 후인 2008년에 축음기 발명에 대한 새로운 사실이 발표됐다. 축음기를 발명한 사람이 에디슨이라는 것에 수정을 요하는 기사였다.

즉, 최초로 소리를 기록한 기계는 프랑스의 레옹-스콧이란 사람이 만든 음성기록 장치인 '포노토그래프Phonautograph'고, 거의 20년 후에 에디슨이 발명한 'Talking machine'은 기록과 재생을 모두 할 수 있는 최초의 기계라는 내용이었다. 굳이 구분하자면 최초의 축음기 발명은 '레옹-스콧'이고, 최초의 유성기 발명은 '에디슨'이라는 말이다.

당시 레옹-스콧이 기록은 했지만 읽을 수 없었던 10초 분량의 그

소리는 현대 기술의 힘으로 148년 만에 읽혀졌다. 거기에 기록된 것은 프랑스 민요인 '달빛에$^{Au\ clair\ de\ la\ lune}$'의 일부였다.

이 글을 읽으며 박물관에서 일하던 당시에 이런 내용을 알았더라면 관람객들에게 좀 더 흥미 있는 설명을 해 줄 수 있었을 텐데 하는 아쉬움이 들었다. 관람객 중에서 특히 학생들은 역사적인 사실보다 축음기에 얽힌 에피소드를 좋아했다. 그런 이야기로 흥미가 유발될수록 역사적인 것에도 더 관심을 갖게 되기 마련이다.

예를 들면 미국인 선교사가 고종께 처음으로 유성기를 선물했을 때 거기서 나는 소리를 듣고 유성기 속에 귀신이 있다며 깜짝 놀라셨다는 얘기나, 지금도 유명한 영국의 음반 판매 회사인 HMV$^{His\ Masters\ Voice}$의 회사 명칭 유래, 그리고 축음기와 니퍼^{Nipper}라는 개의 모습을 담은 세계적으로 유명한 광고 사진에 얽힌 얘기들이 교육 효과가 좋았다.

축음기 박물관에서 만난 사람들

박물관이 차차 자리를 잡아가는 동안 나는 참 많은 사람들을 만났다. 그 사람들에게 축음기에 대해 설명해 주고 음악을 틀어 준 것은 나였지만 그들의 감동을 교감하면서 오히려 내가 얻은 것이 더 많았다. 축음기를 설명하면서 사람들로 인해 행복하고 보람된 시간을 보냈다.

박물관에서의 전시뿐만 아니라 이동 전시도 꽤 있었는데 좀 힘들긴 해도 새로운 즐거움을 주었다. 부산 해운대, 서울 롯데월드, 압구정 현대백화점, 한국전력 본사, 에버랜드에서 10개월간 장기 전시를 열었다. 장소가 주는 상황 때문이기도 했지만 이런 상설 전시장에서는 어른들보다 주로 아이들을 많이 만났다. 그 아이들의 꿈과 설렘을 보면서 박물관의 포커스를 단순히 축음기의 종류나 보유수에만 두지 않고 발명과 에디슨의 업적 쪽으로 맞춘 손 관장님의 뜻을 이해할 수 있었다.

그때 만난 아이들 중에서 지금도 생각나는 두 아이가 있다. 에버랜드에 판을 벌려 놓고 관람객이 없어 피가 마르던 초기였다. 어느 날 '관계자 외 출입금지'라고 쓴 줄 안에서 일하고 있는 내 옷자락을 살짝 끌어당기며 "저…… 관계자세요?"라고 물은 아이와 "하느님은 누가 발명했어요?"라고 물었던 아이가 있었다. 그 아이들에게 얼마나 즐겁고 신나게 설명을 했는지 모른다. 그 후에 에버랜드에서도 관람객이 꽤 많아져서 '관계자'였던 나는 한시름 덜 수 있었다.

하지만 이렇게 상설 전시장에서 만난 사람들보다는 박물관으로 직접 찾아오셨던 분들과의 추억이 당연히 훨씬 많고 깊다. 그분들 중에는 단 한 번의 관람에 그치는 것이 아니라 지속적인 관심과 애정을 주신 분들도 있었다.

지금은 고인이신 MBC의 이득렬 사장님이 박물관에 오신 적이 있었다. 많은 전시품 중에서 유난히 손바닥 안에 들어오는 소형 트랜지스터라디오에 관심을 가지시기에 여쭤 보았다. 그러자 평소에 하나 갖고 싶었는데 어느 날부턴가 잊고 있었다며 아련한 표정을 지으셨다.

쉬운 말 몇 마디만 겨우 통하던 어느 일본 여자 분은 축음기 관람을 끝내고 3층에서 설명과 함께 이뤄지는 감상 시간에 들어와 음악을 듣다가 눈물을 흘린 적도 있었다.

또 시골 초등학교에서 전 학년인 30여 명의 학생들이 왔는데, 때가 12월이라 설명을 끝낸 후 슈베르트의 아베마리아를 함께 감상했다. 그런데 한 여자아이가 너무 서럽게 울어서 어디가 아픈지 물었더니 음악이 너무 아름다워서라고 말했다.

관광버스로 단체 관람을 왔던 서울 경기여고 동문들은 관람을 다 마친 후 떠났는데 잠시 후 버스가 되돌아왔다. 뭘 잊으셨나 했더니 받은 감동이 너무 커서 도저히 그냥 갈 수가 없었다는 것이다. 그리고 적은 돈이나마 모금을 했으니 박물관 발전에 보태 달라며 성금 봉투를 주셨다. 또 어떤 분은 박물관 뒤에 있는 마트에 가서 초콜릿을 사다 내게 주시기도 했다.

하루는 강릉 교도소에서 모범수들이 관람을 왔다. 아직 원숙함이 모자랐던 나는 당시 그들이 속해 있는 장소를 떠올리며 꽤 긴장했다. 몇몇 교도관들과 함께 전시장으로 들어온 그들을 보면서 어떻게 해설해야 하나, 어떤 말로 시작해야 집중할까 등을 생각하느라 잠시 머뭇거렸다. 그런데 조용하던 일행 속에서 갑자기 굵직한 목소리가 들렸다.

"저, 알고 싶은 게 있는데요?"

화들짝 놀란 나는 목소리 톤을 높여, 그러면서도 한껏 친절하게 대답했다.

"네, 뭐가 알고 싶으세요?"

나는 속으로 혹시라도 짓궂게 "아가씨, 몇 살이요?" 혹은 "아가씨예요, 아줌마예요?" 같은 질문이 나올까 봐 걱정되었다. 그래서 '물어보면 그냥 아줌마라고 해야지'라는 대답까지 준비했다. 그런데 뜻밖의 질문에 모두들 뒤로 넘어갈 듯 웃고 말았다.

"여기서 제일 비싼 게 어떤 거요?"

터져 나오는 웃음을 간신히 참으면서 대답했다.

"박물관의 전시품은 값보다 의미로 가치를 주기 때문에 가격과 가치는 절대로 관련이 없습니다."

덕분에 긴장이 풀어져 편한 분위기 속에서 박물관 관람을 마치고 마지막 코스인 음악 감상실로 갔다. 오스트리아 빈 신년 음악회의

DVD부터 SP레코드의 축음기에서 나오는 옛 가요까지 긴 시간 동안 음악 감상을 했다. 중간 중간 잔잔한, 혹은 폭소 같은 웃음이 터져서 분위기는 더할 수 없이 좋았다. 마지막으로 내가 인사를 하자 함성 같은 박수가 터져 나왔다.

"앞으로 여러분이 음악을 사랑하고, 음악으로 인생을 위로받는 생활을 하시길 진심으로 바랍니다. 감사합니다."

이 외에도 조경철 박사님, 연극배우 박정자 씨, 영화배우 안성기 씨, 성악가 엄정행 교수님 등은 유난히 참소리 박물관을 사랑하고 아껴주셨다. 특히 안성기 씨는 다른 지역에서 전시회를 할 때마다 화환도 보내 주시고 부인과 함께 자주 찾아오셨다. 엄정행 교수님은 경희대 졸업반 학생들과 MT를 오기도 하셨다. 들렀을 때 행사가 있으면 직접 의자를 배열하는 등 몸으로 하는 일도 마다하지 않고 따뜻한 마음을 나눠 주셨다.

이렇게 다녀가신 분들 중에서 가장 인상적인 분을 꼽으라면 희극인 백남봉 씨다. 그분이 맡은 어떤 텔레비전 프로그램을 위해 취재를 오셨는데, 박물관을 둘러보더니 즉석에서 아이디어를 내셨다. 해가 질 무렵, 축음기를 들고 바닷가로 나가서 갈매기 소리와 함께 음악을 틀자는 것이었다. 우리는 축음기를 싸 들고 근처의 송정 바닷가로 나갔다. 그런데 갈매기를 쉽게 모을 수가 없자, 근처 횟집에 가서 생선 내장을 얻어다 뿌리기도 했다.

발그레한 일몰의 시간, 갈매기 우는 소리와 오래된 축음기에서 나오는 음악이 어우러져서 너무나 아름다웠다. 하지만 그날 가장 인상적이었던 것은 바로 백남봉 씨였다. 10여 분 정도 나오는 방송을 위해서

146

1시간 넘게 카메라가 돌아가는 동안 일하는 사람들을 계속 즐겁게 만들어 주셨다. 축음기 속에서 나오는 옛 노래를 따라 부르기도 하고, 춤을 추며 모래밭을 돌아다니셨다. 자연과 음악을 닮은 흥취가 가득한 분이었다.

날마다 새로운 사람들을 만날 준비를 하고 기대하는 것도 박물관 일이 주는 큰 매력 중에 하나였다. 사우디에서의 생활을 잊고 한국에 새롭게 적응하기 위해서 더욱 미친 듯이 일했는데, 만나는 사람들마다 칭찬해 주고 고맙다고 하니 힘이 났다. 그래서 나도 보답하는 마음으로, 평생 기억할 좋은 추억을 만들어 드리고 싶어서 한 가지라도 더 알리고 들려주려고 애썼다. 그런데 지나고 생각해보니 그 모든 것들이 결국은 날 위한 것이었다.

하지만 이런 보람에도 불구하고 시간이 지날수록 이 일은 내 몫이 아니라는 생각이 점점 커졌다. 나는 단지 관장님께 고용된 일꾼일 뿐이라는, 당연하지만 뭔가 알맹이가 쏙 빠진 느낌을 지울 수가 없었다. 그 무렵 마치 내 속을 알기라도 하듯 평소에 자주 찾아오시던 강릉여고의 은사님께서 아주 진지한 표정으로 이런 말씀을 하셨다.

"남표야, 이건 손 관장님 꿈이지 네 꿈이 아니야. 네 꿈을 찾아가야지!"

그 말씀을 듣는 순간, 마치 그동안 까맣게 잊고 있었던 사실을 다시 기억해낸 것처럼 '꿈'이라는 단어를 떠올렸다. 내 꿈이 뭐였지? 나는 갑자기 받아든 그 '꿈'이라는 단어 때문에 당황했다. 박물관 일도 전처럼 무조건 즐겁지만은 않았다. 하지만 날마다 관람객들이 늘어서 점점 더 바빠졌다. 어떤 때는 수학여행 버스가 10~20대까지 한꺼번에 몰려서 좁은 박물관이 터져 나갈 듯했다. 어느새 참소리 축음기 박물관은 '최초, 최대, 최고'라는 거창한 타이틀을 휘날리고 있었다.

그러다 보니 사람들은 점점 더 많이 찾아오고 장소가 협소해서 불편한 일이 잦아졌다. 찾아오는 사람들마다 이렇게 좋은 박물관치고는 장소가 너무 기운다는 말을 했다. 관람객들의 그런 원성은 강릉시를 움직여 마침내 강릉시가 새 부지를 지원하겠다고 할 무렵 나는 박물관을 그만두었다.

그 후 참소리 박물관은 저동 36번지 일대, 아름다운 경포호수가 바라보이는 곳에 지상 3층, 연건평 380평 규모의 신축관을 지어 '소리 박물관'으로 명명했다. 또한 사무실로 사용하던 건물을 '에디슨 박물관'으로 꾸미면서 두 동의 건물을 가진 현재의 모습으로 완성되었다.

이제 '참소리 축음기 박물관'은 나와는 상관없는 곳이다. 하지만 여전히 내게는 특별한 의미로 남아 있다. 그곳에서 나는 아름다운 음악과 사람들을 만났고 그들과의 교감을 통해서 내 삶을 다독거릴 수 있었다.

가끔 새삼스레 되짚어 본다. 그때 함께 축음기에 대해 배우고 잡음 섞인 낡은 음악을 듣던 사람들은 왜 그렇게 감동했을까. 아마도 그것은 우리가 되돌아갈 수 없는 시간이 품고 있는 음악이라서 그렇기도 하겠지만, 무엇보다도 시공이 다른 곳에서 태어난 소리의 감동을 전해 주기 위해 끊임없이 노력해 온 사람들의 순수한 열정을 느꼈기 때문일 것이다. 그러므로 음향기술 발전의 역사는 인간의 감수성과 감동에 관한 역사인지도 모른다.

자이툰 부대

2002년 말, 오랜만에 최영길 교수님께서 전화를 주셨다.

"어머? 교수님! 저보고 잊을 만하면 한 번씩 불쑥 나타난다고 도깨비 같다 그러시더니 이번엔 교수님이 도깨비시네요?"

"하하하! 그런 셈인가요?"

"근데 정말 무슨 일이세요? 전화를 다 주시고?"

"저, 사실은 이번에 정부가 이라크 재건에 우리 군부대인 '자이툰 부대'를 파병할 예정이에요. 그런데 우리 젊은 군인들이 낯선 이슬람 문화에 대해서 너무 모르는 상태로 갔다가 혹시 문제가 발생할까 봐 미리 사전 교육도 시키고 조언해 줄 사람이 필요하다고 해서 제가 아이샤를 추천했어요. 더구나 아랍은 외부 남자들의 가정집 출입이 불가능한 특별한 문화권이잖아요. 이 부분에 대해서 실질적으로 아이샤만큼 밝은 사람은 없을 것 같아 자문 역할을 좀 해 주면 좋겠어요. 그런데 한 가지 문제라면 파병 군부대와 같이 이라크로 가야 한다는 겁니다."

나는 반가웠다. 나에겐 두 번째 고향이나 마찬가지인 중동인데 전쟁 중인 것도 아니고 재건을 위해서 파병되는 군대가 아닌가. 걸프전이 한창일 때도 사우디에 있었는데……. 게다가 정부에서 필요하다니 더 마음이 끌렸다.

그러다 문득 엄마 생각이 났다. 키워 보지도 못하고 잃은 네 딸까지 합하면 딸만 열 명을 낳았던 엄마는 자식을 군대에 보내는 엄마들까지 부러워했다. 이제야 엄마의 소원을 풀어줄 수 있게 되었는데 내가 이라크라고 못 가겠는가. '우리 집 열 딸을 대표해서 군대에 가는 거야!' 이런 우스운 발상까지 하다가 신이 나서 나도 모르게 목소리에 힘이 들어갔다.

"네, 하겠습니다. 교수님!"

그러고 나서 얼마 후 국방부 회의에 참석하라는 연락이 왔다. 연락을 받고 찾아간 회의실에는 'ㅁ'자 형태로 놓인 테이블에 자이툰 부대의 황의돈 단장님을 비롯한 고위급 장교들이 앉아 있었다. 군 회의의 분위기는 일반 회사의 회의보다 훨씬 더 묵직하고 조심스러웠다. 절도와 각도, 표시된 계급이 풍기는 무언의 질서, 반듯하게 다려진 군복, 쓸데없는 말은 전혀 없고 때로는 절대 침묵이 흘러 회의가 진행되는 동안 나도 모르게 긴장됐다.

회의가 끝나자 황 단장님이 자이툰 부대에 지원한 민간인 참석자들에게 악수를 청하며 인사했다. 그때 회의를 진행하던 중령 한 분이 나를 소개하자 단장님은 "여자 분이시네!"라며 깜짝 놀라셨다. 이미 짐작하고 있던 반응이라 가볍게 웃었다. 내 한국 이름은 '조남표', 얼굴을 보기 전에는 나를 남자로 알고 있는 일에 이미 익숙해 있었다.

그 후 다시 국방부에서 연락이 왔는데 민간인 지원자들은 시험을 보러 오라고 했다. 좀 이상하다 생각하면서도 다시 갔더니 시험이 토익 수준이었다. 나는 그날 시험장에서 반가운 손님을 만났다. 예전에 처음 아랍어를 배웠던 강좌에서 만난 이라크 여자 모나였다. 그녀는 한국 남자와 결혼했는데 벌써 아들이 둘이었다. 친정에 갈 수 있는 좋은 기회라서 참여했다고 한다. 나와 그녀는 시험을 통과하지 못하고 그녀의 두 아들만 자이툰 부대에 합류했다. 하지만 모나는 나중에 파병 전 군인들에게 아랍어를 가르쳤다.

시험을 통과한 사람들은 주로 아랍어과 재학생이나 졸업생들뿐이었다. 나중에 들리는 얘기로는 통역이나 번역을 할 사람이 아닌 민간인들이 갔을 때 혹시 비즈니스 쪽으로 활동을 할까 봐 미리 막는 조치 중의 하나였다고 한다.

자이툰 부대의 파병이 끝난 후에 국방부의 모 중령으로부터 연락을 받았다. 이라크 북부의 자치구인 쿠르드 정부에서 스타디움과 지하철 등을 건설할 계획인데, 이 공사에 참여할 한국 건설업체의 섭외를 부탁했다며 이 일을 맡아줄 수 있겠냐는 내용이었다. 확신은 없었지만 하겠다고 말하고 한국의 관련 업체들과 접촉을 해보니 모두들 생각보다 호응이 좋았다. 그래서 희망 업체들과 준비 작업에 들어가 한창 일하고 있던 중에 갑자기 한국 정부에서 민간인의 이라크 출입 금지령을 내렸다는 소식이 들려왔다. 그야말로 청천벽력 같은 소식이었다.

이 비상조치는 2004년 4월 8일, 이라크의 수도 바그다드 외곽에서 한국인 목사 등 일곱 명이 무장 세력에 의해 납치된 사건 때문이었다.

국가안전보장회의의^{NSC}는 상임위원회를 개최해 피랍 및 교민 안전 대책을 논의한 끝에 현재의 불안한 이라크 치안 상태가 당분간 지속될 것으로 보고 정부가 시행 중이던 이라크 여행 제한 조치를 한 단계 더 높였다. 그래서 한국인의 이라크 여행 금지를 강력 권고하고, 현지에 체류 중인 비필수 요원들은 조속히 대피하거나 철수하도록 유도한다는 결정을 내렸다. 이 말은 사실상의 '이라크 입국 금지령'이라는 것이 정부의 설명이었다. 그동안 준비한 모든 것이 물거품이 되는 순간이었다. 하지만 포기하기에는 너무 아쉬움이 많아서 계속 방법을 알아보았다. 그 후 얼마 지나지 않아 이라크의 건설부 장관이 입국했다는 소식을 듣고 부산으로 찾아가 그동안 우리가 준비한 것을 프레젠테이션 했다. 하지만 끝나지 않는 이라크 현지의 불안한 상황 때문에 정부의 강력한 조치가 계속돼서 사실상 민간사업은 진행이 멈춘 상태였다. 준비를 많이 했던 만큼 낙담도 커서 허탈했던 그 무렵, 압둘아지즈에게서 전화가 왔다.

오만으로 떠나다

압둘아지즈는 내가 한국에서 처음으로 이슬람 청소년 캠프에 참가했을 때 만난 사우디 사람이다. 그때의 만남이 지금까지 이어져서, 자주 연락하는 것은 아니지만 언제든 통화를 하거나 만나면 반갑고 허물없는 친구 사이가 되었다. 그는 현재 일본 주재 사우디 대사로 재직 중이지만, 당시에는 와세다 대학에서 공부를 마치고 사우디로 돌아가 대학 교수를 하고 있었다.

"아이샤, 요즘 어떻게 지내?"

"이라크에 가려다가 현지 사정 때문에 발목이 잡혀서 기다리는 중이야."

"이라크? 이라크에 왜 가려는 건데?"

"돈 벌러."

"이라크는 가 봐야 돈 못 벌어. 돈이 없는 정부야. 아마 일해도 돈을 주는 게 아니라 석유나 모래 같은 거 퍼 가라고 할걸? 하하하!"

"그래?"

"차라리 오만으로 가라. 내가 지금 오만 정부의 일을 하나 하고 있는데, 오만이 그동안 경제 개발에는 몸을 좀 사렸잖아. 근데 이제 두바이가 발전하니까 더 이상 가만히 있을 수 없게 됐지. 지금 그들은 시멘트가 많이 필요해. 그런데 오만 내에는 시멘트 회사가 3개뿐이야. 한국 사람들이 길 놓고 건물 짓는 거 잘하잖아. 한국 건설 회사를 연결해서 시멘트 공장 짓는 일을 추진해 봐."

그의 제안이 솔깃해서 한국의 시멘트 회사 전문가들과 접촉한 후, 그들과 함께 오만으로 건너갔다. 오만은 조용하고 깨끗한 나라였다. 사람들도 친절하고 순박해서 마치 우리나라의 어느 인심 좋은 시골이나 박물관에 온 듯한 느낌이기도 했다. 사우디를 떠난 후 처음으로 다시 찾은 중동 땅 오만에서, 나는 마치 예전에 드나들던 이슬람 사원에 온 것처럼 마음이 편했다.

압둘아지즈는 오만에서 현지 사업가들과 새로운 회사를 만들어 사업하는 중이었다. 그들은 우리 일행을 '왕자His highness'에게 소개했다. 그는 내 아랍어에 놀라면서 어디서 배웠냐고 물었다. 내가 사우디 왕실에서 지냈던 얘기를 간략하게 했더니 그 후로 나를 더 친근하게 대하고 믿어 주었다. 왕족이라고는 하나 사우디에 비하면 작고 소박한 집무실에서 만난 그는 멀리 한국에서 온 우리 일행에게 앞으로 많은 한국 기업들이 오만에 투자하기를 기대한다면서 꽤 긴 시간 동안 오만의 경제개발 계획에 대해 설명했다.

오만은 중동 국가들 중에서 가장 늦게 경제개발 계획을 선포한 셈

154

이었다. 현 카부스 국왕은 그의 작은아버지인데, 선왕이신 부친이 사망했을 때 왕위 계승자였던 그는 일곱 살이었다. 그래서 작은아버지가 왕위를 이었으나 카부스 국왕에게는 슬하에 자식이 없었다. 때문에 많은 사람들이 만약 국왕이 서거하면 그가 왕위를 이을 것이라고 믿고 있었다. 그런데 또 한편에서는 카부스 국왕이 조카보다도 조카의 아들을 지극히 사랑해서 어쩌면 아버지 대신 아들이 왕위를 계승할지도 모른다고도 했다.

카부스 국왕은 검소하고 친서민적이어서 국민들의 신뢰와 사랑을 받고 있었다. 그는 왕실 정원을 일반인에게 개방해서 관광객들까지도 구경하고 사진을 찍을 수 있도록 허용했다. 카부스 국왕이 중동 국가 중에서 다소 늦게 경제개발과 문화의 개방을 허용한 이유는 나라가 개방되면 거기에 따르기 마련인 나쁜 문화의 유입을 걱정했기 때문이다. 서구 문물 중에서 특히 마약 같은 것을 가장 염려했다고 한다. 하지만 지금은 비행기로 45분이면 갈 수 있고 육로로도 이동이 가능한 두바이가 놀랄 만한 발전을 하고 있기 때문에 어쩔 수 없이 발을 맞춰 가야 하는 상황이었다.

이런 설명을 해 주던 왕자(우리는 나중에 그에게 '허시허시'라는 애칭을 붙여 주었다)는 88서울올림픽 때 한국을 다녀왔다면서 여러 가지 좋은 인상을 받았다고 말했다. 그런데 한국에서 깜짝 놀란 것 중의 하나가 원샷 술 문화라고 했다. 그 독한 술을 하룻밤에 그렇게나 많이 마시고도 다음 날 멀쩡하게 일어나서 일하는 걸 보고 너무 놀랐다고 한다. 거기다 여자들이 곁에 붙어 앉아서 식사 시중, 술시중을 들어주는 것도 놀라웠다고 한다. 여자들이 남자 입에 음식을 넣어 주는 행위 같은 건 아랍인들은 상상도 못할 일이기 때문이다. 아마 그는 고급 요정 같은 데서 대접을 받았던 모양이다.

그날 밤, 오랜만에 이런저런 얘기를 나누던 압둘아지즈는 오랜 친구답게 신세타령을 했다. 자기가 예전에 사우디인으로는 처음으로 일본 와세다 대학에 유학할 때만 해도 TV 리포터도 하고, 책도 쓰면서 모든 면에 자신만만했기 때문에 유학을 마치고 돌아오면 친구들 중에서 제일 잘나갈 줄 알았다고 한다. 그런데 겨우 대학 교수라면서, 친구들 중에 가장 처진 셈이라고 우울한 표정으로 중얼거렸다.

"대학 교수가 뭐 어때서?"

팔자 좋은 소리 한다고 퉁을 주면서도 그를 이해할 수 있었다. 꿈이란 객관적인 평가가 아니라 주관적인 만족에 의해서 완성되는 것이니까.

"그런데 네 꿈은 뭐였어?"

못 들은 척, 대답도 안 하는 그를 몇 번 더 찔러 보다가 쓸쓸한 웃음이 났다. 그의 모습에서 내가 보였기 때문이다. 그래도 그렇지. 누구 염장 지르나? '겨우' 대학 교수라니!

이렇게 대학 교수로는 만족을 못하고 낙담하던 압둘아지즈는 다행히 몇 년 뒤에 왕실과 친분이 두터운 '자베르'라는 친구를 통해서 자신의 포트폴리오를 CD로 만들어 왕실로 보냈다. 그것을 본 사우디 왕은 그를 일본 주재 사우디 대사로 임명했다. 아마도 사우디에서 압둘아지즈만큼 일본어가 유창하고 일본에 대해 속속들이 잘 아는 사람도 드물 것이다. 하지만 제 자랑도 못하고 소탈하고 겸손한 그의 성품 때문에 능력 발휘를 못하다가 다행히 기회를 잡은 것이다.

라임스톤 해변 '만지'

오만은 치안이 잘되어 있어서 외국인들도 안심하고 관광할 수 있었다. 한국인의 경우에는 공항 입국 비자만으로도 입국이 가능했다. 그래서인지 두바이에서 무스카트나 살랄라로 가는 비행기 안에는 늘 많은 관광객들로 붐볐다.

압둘아지즈가 미리 말했듯이 오만은 경제개발의 필수 요소 중 하나인 시멘트가 많이 필요했다. 그러나 오만 전체에 시멘트 공장은 세 곳뿐이라서 현재 3교대로 24시간 가동해도 물량이 모자라 인도 등지에서 수입하고 있었다. 공장만 세우면 물량 공급에는 문제가 없었다. 오만 대부분의 해안이 모래가 아니라 순도 99%의 석회암인 라임스톤이기 때문이다.

압둘아지즈와 그의 동업자인 아와드, 살림이 함께 만든 회사는 오만 정부로부터 라임스톤 해안인 '만지'라는 곳을 99년 동안 사용하고 개발할 수 있는 승인을 받았다. 물론 '허시허시'가 이 사업을 지원하고 있었다. 그래서 우리 일행은 만지에 가 보기로 했다. 살랄라에서 사막을 지나 만지까지 하루에 다녀오려면 날이 밝기 전에 서둘러 떠나야 했다. 해가 진 후에 돌아오다가 사막에서 길을 잃을 수도 있기 때문이다.

길을 서둘다 보니 일찍 출발했는데도 자동차는 전력 질주를 했다. 머리가 차 천장에 계속해서 부딪쳤다. 먼저 출발한 다른 일행의 차가 앞에서 일으키는 사막의 먼지와 내가 탄 차에서 일어나는 흙바람이 모두 차 안으로 들어와 눈, 코, 입을 다 막아도 견딜 수가 없었다. 급기야 수건에다 물을 부어서 아예 뒤집어쓰고 갔다. 가다가 사막 중간 중간에 미국의 석유 회사인 '셸Shell'의 간판이 보였다. '이곳은 기름이 나오는 곳이구나' 짐작하면서 가다 보면 이내 사막 위에 놓인 송유관이 있었다.

드디어 도착.

라임스톤 해변인 만지는 상상보다 훨씬 더 아름다웠다. 평원같이 넓고 둥글게 펼쳐져 있는 해변은, 떡가루처럼 부드러운 라임스톤으로 덮여 있었고 드문드문 널린 까만 돌들은 신비한 운석처럼 보였다. 마치 세상으로부터 숨어 있는 풍경 같았다. 시멘트를 위해 개발하기에는 정말 아까울 정도로 아름다운 곳이었다.

하지만 일을 하러 왔으니 그저 아름다움에 감탄만 하고 있을 수는 없는 노릇이었다. 일행들과 이곳저곳을 돌아보는데 그리 오래지 않아 걱정이 앞섰다. 여러 가지 조건으로 봤을 때 여기에 시멘트 공장을 짓는다면 지을 때도 쉽지 않겠지만 나중에 시멘트의 운송도 문제가 되겠구나 싶었다.

물론 살랄라 항구와 두큼 항구가 있었지만 아직 그곳까지 도로도 제대로 갖춰져 있지 않은데다 좀 멀기도 했다. 시멘트를 수입하는 가격보다 만들어서 운송하는 것에 비용이 더 들 것 같았다. 최소한 바지선이라도 띄울 수 있는 시설이 준비되어야 그다음 단계로 넘어갈 수 있겠다는 생각이 들었다. 어쩌면 아직은 그저 가능성을 가지고 열려 있는 곳일 뿐일지도 모른단 생각에 먼 길을 달려온 보람도 없이 마음이 그리 가볍지는 않았다.

돌아오는 길에 우리 일행은 작은 마을에 들렀는데, 촌장 집에서 점심을 먹었다. 촌장 말로는 집들이 너무 띄엄띄엄 떨어져 있어서 모두 몇 가구인지 정확히 알 수 없다고 한다. 점심은 오늘 근처 바닷가에서 잡았다는 돔 비슷하게 생긴 생선을 통째로 바삭바삭하게 튀긴 것과 불면 날아갈 것처럼 찰기 없는 쌀밥에 양고기를 얹은 것, 그리고 오이와 토마토로 만든 샐러드였다.

우리도 촌장이 먹는 것처럼 손으로 주물러 가며 밥을 먹었는데 일행 중 한 사람은 도저히 손으로 못 먹겠다며 포크나 숟가락이 있으면 달라고 부탁했다. 하지만 나는 정신을 못 차릴 정도로 맛있게 먹었다.

만지에서 돌아온 후 여러 차례에 걸쳐 답사와 연구를 거듭한 결과, 시멘트 공장 건립은 최소한 작은 포구라도 있어야 사업을 추진할 수 있다는 것으로 결론이 났다. 결국 오만 측에 숙제만 남기고 일단락됐다.

하지만 이렇게 시작된 오만으로의 출장은 이런저런 일들로 40여 일에 한 번꼴로 이어졌다. 이렇게 오만을 옆집 드나들듯 하던 어느 날, 살랄라에 머무는 중이었는데 무스카트에 있는 허시허시의 비서 하미드로부터 전화가 왔다. 하미드는 허시허시께서 내가 오만의 석유 장관을 만날 수 있게 주선해 놓았다며 약속 장소를 일러 주었다. 그런데 약속 시간이 다음 날 아침 10시였다. 살랄라에서 무스카트로 가는 마지막 비행기는 벌써 출발한 뒤였다.

생각 끝에 차로 가기로 했다. 아와드 회사의 기사와 함께 3시간에 한 번씩 교대로 운전하면서 자동차를 몰고 밤새 11시간을 달렸다. 가는 길에는 휴게소나 갓길도 없고 오가는 차도 없었다. 아주 가끔씩 생필품이나 야채, 과일 등을 실은 트럭이 한 대씩 지나갈 뿐이었다. 속도계를 보니 시속 190km였다. 그런데도 차가 멈춰 있는 느낌이 들었다. 마치 까만 바다 위에 떠 있는 것처럼.

아침 9시에 무스카트에 도착하니, 뜨거운 햇살 때문에 눈을 뜰 수가 없을 지경이었다. 온몸은 멍석말이라도 당한 것처럼 여기저기 쑤시고 무거웠다. 그런데 나야 내 볼일 때문에 왔지만 바로 살랄라로 돌아가야 하는 기사가 걱정이었다. 그는 인도 사람이었는데 어떤 일을 부탁해도 항상 미소 띤 얼굴로 "인샬라(신의 뜻이라면)"라고 말했다. 드물 정도로 맑은 눈빛과 선한 웃음을 가진 사람이었다. 미안한 마음에 주머니에 들어 있던 150달러를 손에 쥐어 주며 졸지 말고 천천히 조심해서 가라고 당부했더니 금세 눈물을 글썽거렸다. 그를 보내고 석유 장관을 만나러 갔지만 그의 런던행 비행 시간이 촉박해서 얼굴을 익히는 정도의 인사만 나누고 곧 헤어졌다.

아직은 모든 것이 준비 과정인 걸까? 먼 길을 달려온 것치고는 허망한 만남이라 그런 생각이라도 해야 위로가 될 것 같았다. 하지만 실망하지는 않았다. 지나온 시간 동안 그 어떤 짧은 순간이나 우연 같은 만남일지라도 그것들이 품고 있는 가능성에 대해서는 전혀 예측할 수 없는 것이 세상사라는 것을 배웠기 때문이다. 나는 단지 주어진 매 순간에 충실할 뿐이다. 그게 내가 살아가는 방식이었다.

후에 하미드가 오만의 광구 개발을 의뢰해서 한국의 석유공사에 다시 알아봤더니 석유공사는 가능성보다 안정적이고 지금 당장 자신들의 입맛에 딱 맞는 광구만 찾고 있었다.

보물은 파는 게 아니라 간직하는 거예요

A.A(압둘아지즈)는 오만에 시멘트 공장을 짓는 일이 예상처럼 잘 풀리지 않자 나라는 작지만 일이 많은 카타르로 가 보자고 제안했다. 그래서 우리는 카타르의 '나스르 카미스 알리 알 자심' 왕자를 만나기 위해 이집트의 카이로로 떠났다. 카타르의 왕족은 '자심' 패밀리다. 이집트에 있는 나스르 왕자의 안가에 마련된 모임에는 사우디 사업가 세 명과 리비아 사업가 한 명이 동석했다.

그런데 시간이 지날수록 이 사람들이 오히려 우리에게 투자하게 하려는 쪽으로 대화가 기울고 있었다. 한국의 사업가들에게 중동에 투자하라고 해봐야 미친 사람 취급당할 게 뻔한데 이들이 뭘 몰라도 한참 모르는구나 싶어 괜히 왔다는 생각까지 들었다. 사업 얘기는 더 이상 진척이 없을 것 같아 휴가 왔다고 생각하며 며칠 지내다 가기로 했다.

우리가 묵은 호텔은 예전에 왕실 건물이었다고 한다. 그리 높지 않은 천장을 가진 'ㅁ' 자형의 건물로 꽤 아름다웠다. 오후에는 정원의 테라스 식당에서 느긋한 시간을 보냈다. 어디선가 몸이 저절로 막 꼬일 듯한 이집트의 전통 음악이 흐르자 현란한 차림의 무희들이 춤을 추며 나오고, 갓 구워낸 납작하고 동그란 빵인 '아이시(아랍어로 '생명'이란 뜻이다)'가 날라져 왔다. 주변을 살펴보니 식당 출입구 쪽에 흙으로 만든 아궁이 같은 것이 있고 여인들 몇 명이 앉아서 아이시를 굽고 있는 게 보였다. 구수하게 퍼지는 아이시 냄새가 실내를 한결 더 아늑하게 만들었다. 거기다 아이시와 함께 나온 잘 익은 올리브와 갓 짜낸 올리브 오일과 홍차, 행복하고 느긋한 웃음소리들……. 꽤 오래 쌓여 있던 피곤이 스르르 풀리는 것 같았다.

무엇보다 인상적이었던 것은 식당 한쪽의 유리벽으로 보이는 피라미드였다. 건물 안에서 커피를 마시며 유리벽을 사이에 두고 마주보는 거대한 피라미드는 특별한 감흥이었다. 마치 과거와 현재가 이마를 맞대고 있는 듯한 묘한 풍광을 바라보며 달콤한 휴식을 취했다.

다음 날, 호텔을 나와 피라미드가 있는 곳으로 출발하려고 할 때 A.A는 내게 몇 번이나 다짐을 시켰다.

"여기선 물건 값이든 낙타 타는 값이든 남대문 시장 식으로 흥정해야 해. 절대 한 번에 오케이 하면 안 돼. 흥정하다가 안 사겠다고 돌아설 때 나오는 가격이 정찰가인 줄 알면 돼. 그리고 절대 돈이나 지갑을 꺼내지 마. 돈 가진 거 보이고 나면 절대로 못 깎는다. 알았지?"

시장에 도착해서 낙타를 타려고 했을 때, A.A는 정말 낙타 주인이 부른 가격의 3분의 1만 지불하고 나를 낙타에 태워 주었다. 나는 재미있다는 듯 웃었다. A.A는 자기가 흥정을 잘해서 그런 줄 알았겠지만 사실은 아까 그가 한 말이 떠올라서였다. '남대문 시장 식으로'이라고 했던. 아마도 그의 핏속에는 한국과 일본이 조금씩 흐르고 있을 것이다.

피라미드에서 조금 떨어진 곳에서는 야외 오페라 하우스를 짓는 중이었다. 세상이 변하는 속도가 바람이 모래언덕의 모습을 바꾸는 것만큼이나 빠른 것 같았다. 그 빠른 흐름 속에서 나는 어디쯤 있는 건지……. 문득 스핑크스에게 이미 누구나 답을 알고 있는 것 말고, 삶의 비밀을 품고 있는 새로운 수수께끼를 하나 내보라고 조르고 싶었다.

본의 아니게 관광이 되어버린 이집트의 여행은, 짧지만 내게 꼭 필요했던 느긋한 휴식을 주었다. 오페라 하우스가 완공될 즈음에 다시 올 수 있기를 바라며 이집트를 떠났다.

다시 오만으로 돌아와 일을 보는 동안 허시허시가 보자고 해서 갔더니 지도를 펼쳐 놓고 오만 동부의 '마시라 섬Masirah Island' 개발 프로젝트를 설명해 주었다. 그 섬을 인근 주변의 중동인들이 찾아와 쉴 수 있는 휴양지로 만들 계획이었다.

그래서 한국의 몇 개 회사들과 컨소시엄 팀을 만들어 입찰에 참여했다. 우리는 마시라를 한국의 제주도 같은 섬으로 만들겠다는 의욕에 차서 섬으로 현지답사를 떠났다. 무스카트에서부터 5시간 정도 사막을 달렸다. 풀도 없는 하얀 사막에서 만난 낙타는 가시밖에 안 보이는 나무에서 뭔가를 우물우물 먹고 있었다.

드디어 섬으로 들어가는 배가 뜨는 포구에 도착했다. 하루에 두 번, 섬으로 간다는 배 위에 차를 싣고 보니 승객이 앉는 자리가 따로 없었다. 그저 아무데나 적당히 알아서 앉아야 했다. 사람보다 짐이 우선인 화물선 같은 배였다. 이 배가 또 어찌나 천천히 가든지 바닷물 속에 있는 거북이나 여러 종류의 물고기들이 고스란히 다 보였다. 갈매기도 뱃전에 같이 앉아서 가는 한가롭기 그지없는 배였다.

그렇게 한참을 가는데 아무래도 배가 아예 움직이지 않는 것 같아서 선장에게 물어보았다. 그러자 웃으면서 말하길, 수심이 얕은 곳을 지나다가 배 밑이 모래에 닿아 물이 들어올 때까지 기다려야만 한다는 것이다. 그런데 이런 상황에서도 불평하는 사람은 한 명도 없고 각자 뱃길을 즐기는 느긋한 표정이었다.

마침내 섬에 도착한 우리는 그 섬에 하나밖에 없다는 소박한 호텔에 짐을 풀었는데 목욕탕에 비누가 없었다. 그래서 근처에 있는 시골 구멍가게 같은 마트에서 비누를 사고 나왔다. 그때 어떤 남자가 오만 전통 복장인 흰색 원피스를 입고 서너 살쯤 된 사내아이의 손을 잡고 서 있다가 활짝 웃으며 다가왔다. 뭐 하러 여기까지 왔냐고 묻더니 혹시 한국 사람이냐고 해서 그렇다고 했다.

그는 "아! 코리아 넘버원, 코리아 풋볼 넘버원!"이라며 기분 좋게 웃었다. 그리고 샤이를 대접하고 싶으니 자기 집으로 가자며 우리를 거의 강제로 데려갔다. 우리 일행은 바다가 한눈에 내려다보이는 언덕 위의 그의 집에서 다디단 샤이를 맛있게 마시며 이야기를 나눴다. 알고 보니 그의 부친이 바로 이 섬의 부족장이었다.

나는 다음 날 아침 일찍 일어나서 어제 우리가 탄 배가 들어왔던 부두로 나갔다. 평화로운 아침 풍경 속으로 카누처럼 작은 배들이 고기잡이를 나가는 중이었는데, 더러 어떤 배들은 벌써 물고기를 가득 싣고 들어오기도 했다. 가까이 가서 봤더니 배에 비해서 꽤 큰 물고기들이었다.

"이 물고기들, 어떻게 잡아요?"

"아, 이 그물을 던져서 잡는 거예요. 다시 나갈 때 태워 줄게 같이 갈래요?"

그들의 순박하고 스스럼없는 태도나 말씨가 너무 좋아서 하마터면 덜렁 배에 오를 뻔했다. 하지만 이내 아침 식사 후에 일행들과 섬을 한바퀴 돌기로 한 약속이 떠올라서 고맙단 인사만 하고 헤어지고는 혼자 좀 더 섬을 돌아다녔다.

아침 식사 후에 일행들과 차를 타고 외곽으로 난 길을 따라 드라이브를 했다. 이 섬에는 배가 들어오는 부두에만 집들이 모여 있었다. 식수 공급이 그곳에만 되기 때문이라고 한다. 섬 전체의 분위기는 그야말로 처녀지였다. 너무나 아늑한 기운이 감도는 예쁜 섬이었다.

길을 따라가다 보니 길가에서 좀 떨어진 곳에 까만 아바야로 몸을 감추고 머리에 '니캅'을 써서 짙고 깊은 눈동자만 보이는 아낙들이 땅바닥에 앉아 있었다. 그들에게 말을 걸어 보고 싶어서 차를 세우고 내려 가까이 다가갔다. 그녀들은 청바지 차림에 아랍 말을 하는 동양 여자를 전혀 경계하지 않고 내가 인사를 하자 반기며 먼저 이런저런 넋두리를 했다.

"우리는 여기서 양을 키워 먹고살았는데 얼마 전에 난생처음 보는 큰 비가 와서 양들이 바다로 전부 떠내려가고 양 우리도 다 쓰러졌어요. 양이 없어서 할 일이 없어진 남자들도 모두 떠나고 이제는 먹을 것도 없어요. 하느님도 참 무심하시지……. 왜 우리한테 이런 시련을 주시는지 모르겠어요."

나는 불시에 듣게 된 그들의 불행에 대해 뭐라 대꾸해야 할지 몰라서 안쓰러운 표정으로 쳐다보았다. 그런데 갑자기 그들 중 한 여인이 가지 말고 잠깐만 기다리면 자기가 아주 귀한 걸 보여 주겠다고 했다. 그러겠다고 하자 빠른 걸음으로 어디론가 사라진 그녀가 가져온 것은 소라 고동이었다. 등이 아주 뽀얀 흰색에다 주둥이에는 맑은 복숭아 빛깔이 감도는, 여태까지 봤던 소라 고동 중에서 단연 가장 크고, 아름다웠다.

"이건 내가 소중하게 지니고 있는 보물이에요. 당신이 원한다면 내 보물을 팔고 싶어요. 사지 않을래요?"

소라 고동이 너무 아름다웠지만 그녀의 보물을 돈과 바꾸고 싶진 않았다. 나는 주머니에 있던 100달러를 꺼내 그녀에게 쥐어 주었다.

"보물은 팔거나 사는 게 아니라 간직하는 거예요. 그러니 이 보물을 평생 간직하세요. 아마 좋은 일이 많이 생기게 해 줄 거예요."

그녀는 눈만 보이는 얼굴을 내 볼에 부비며 하느님의 축복이 있으라고 몇 번이나 기원해 주었다. 하지만 우리 팀은 그 프로젝트에 실패했고, 두바이를 설계한 영국 팀이 수주했다. 결국 그때 내가 건진 보물은 소라 고동만큼이나 아름다웠던 그녀의 축복과 추억이었다.

그 후에 광업진흥공사 탐사 팀과 오지의 구리 광산에도 갔고, 5분만 밖에 서 있어도 머리가 삶은 계란이 될 것처럼 뜨거운 석유 시추 현장에도 가 보았다. 사막 속의 이 석유 시추 현장까지 가는 미로 같은 길에는 지나가는 자동차도 없고, 핸드폰도 터지지 않았다. 만약 가다가 차가 고장 나거나 기름이 떨어지면 낙타처럼 사막 위에서 죽겠구나 하는 생각이 들었다.

하지만 노력한 것에 비하면 손에 쥘 이렇다 할 결과는 별로 없었다.

그래서 지금은 씨를 뿌리고 있다고 생각하기로 했다. 그 씨앗들 중에서 어느 것이 언제 발아되어 싹을 틔울지는 아무도 예측할 수 없다. 더구나 씨앗을 뿌리는 곳이 중동이기 때문에 다른 어느 곳보다도 인내심이 필요하다는 것을 나는 잘 알고 있었다.

아람코의 자베르

오만에 머물고 있던 어느 날, A.A로부터 소개시켜 줄 사람들이 있으니 바로 두바이로 가라는 연락이 왔다. 두바이에서 나를 기다린다는 사람들은 사우디인인 '자베르 알 파드'와 그의 동생 '다피르 알 파드'였다.

미리 들은 A.A의 설명에 의하면 형인 자베르는 미국 워싱턴 대학의 경제학 박사 과정을 마친 사람으로, 왕족은 아니지만 사우디의 많은 왕자들과 친분이 두터운 똑똑하고 젊은 사업가라고 했다(자베르가 바로 나중에 압둘아지즈가 일본 대사가 되는 데 도움을 준 그 사람이다).

그는 세계적인 정류 회사인 사우디의 '아람코Aramco'에서 15년간 근무하다가 사업을 시작했다. 주로 사우디의 아람코와 SEC^Saudi Electric company를 상대로 일하는데 사우디에서 가장 빠르게 성장하고 있는 사업가 중의 한 사람이었다. 또한 그의 동생 다피르도 아람코의 임원으로 일하는 엘리트였다.

그들은 우리를 만나기 위해 하루 먼저 두바이에 도착해 호텔에서 기다리는 중이었다. 일행들과 함께 공항에 내리자 호텔까지 우리를 태워 갈 리무진이 대기하고 있었다. 리무진 안에는 세련된 동작의 필리핀 여성이 뜨거운 타월을 주고 주스를 따라 주며 시중을 들었다. 그들이 예약해 놓은 호텔에 도착하고 보니 하룻밤 숙박료가 1,000달러 가까이나 되는 좋은 곳이었다. 첫 만남부터 이런 대접을 받아도 괜찮을까 싶어서 좀 미안하긴 했지만 오만에서 지칠 대로 지쳤던 몸의 피곤이 한꺼번에 확 풀리는 것 같았다.

내가 묵을 방에 들어가자 방 인테리어와 조명부터 시작해서 침대 시트며 가구들까지 너무 좋았다. 특히 소파는 사우디의 조하라 왕비를 떠올리게 했다. 사우디의 어느 왕궁을 가나 있었던 소파는 그녀의 취향대로 핑크였는데 호텔에 있는 건 내가 좋아하는 블루였다.

'미팅은 내일 아침 10시니까 우선 소파에 좀 누웠다가 일어나서 샤워를 하고 저 근사한 침대에서 아주 푹 자야지.'

이런 생각을 하며 혼자서 큰 소리로 "아, 좋다~!" 하며 소파에 벌렁 누웠다. 그런데 잠깐 잠이 들었다고 생각했는데 깨어 보니 아침이었다. 시선이 저절로 침대 쪽으로 갔다. 아까워라! 저 좋은 침대를 놔두고! 혼자 낄낄대며 미팅 준비를 위해 샤워하러 가다가 너무 아까운 생각이 들어서 잠깐 누워 보았다.

미팅이 끝나고 개인적인 이야기들이 오갈 때, 자베르는 이런 말을 했다.

"사우디의 어느 동네에서 두 집이 같은 시기에 아이를 낳았는데 한 집은 딸이고 한 집은 아들이었어. 당연히 아들을 낳은 집에는 사람들이 찾아와 몇 날 며칠 동안 축하를 하는데, 딸을 낳은 집에는 아무도 축하하러 가질 않았지. 그런데 세월이 흐르면서 그 아들은 빈둥대며 집안 재산을 다 축냈지만 다른 집의 딸은 왕족에게 시집가서 친정 식구들을 모두 잘살게 해 주었다고 해. 갑자기 널 보니까 이 얘기가 생각나네. 나는 아직 와이프가 한 명인데도 벌써 딸을 여덟 명이나 낳았어. 든든하겠지?"

그가 기분 좋게 껄껄 웃기에 나도 우리 부모님이 낳으신 열 명의 딸 중에 아홉째라고 말하며 함께 웃었다. 그때부터 그는 사우디에서의 내 사업 파트너가 되었다. 그가 나에 대해 갖고 있는 신뢰에는 내가 사우디 국민들이 존경하고 사랑하는 킹 파드를 6년 동안이나 가까이에서 모셨다는 사실이 꽤 크게 작용했다. 어쩌면 단지 젊음을 소모한 시절일지도 모른다고 생각했는데 그때의 시간들이 이렇게 오래도록 내 든든한 배경이 될 줄은 몰랐다. 문득, 킹 파드 내외분과 그때 함께 지냈던 사람들이 몹시 그리웠다.

자베르와 다피르는 내가 사우디에 갈 때마다 나를 자신들의 집으로 초대했다. 그들의 집은 아람코 영지 내에 있었다. 정확히 말하자면 아람코 컴파운드에 있었다. 그들의 초대를 받아서 간 아람코는 사우디 안에 있는 또 하나의 다른 나라였다.

아람코는 사우디 동부 지역인 알코바와 담맘 사이의 다하란에 있다. 처음에는 지분이 사우디 50, 미국의 텍사스 50으로 구성되어 있었다고 한다. 주로 사우디에 일하러 온 외국인들이 많이 살아서 '작은 미국'이라고도 불리는 곳이었는데, 현재는 사우디로 지분 100%가 다 넘어왔다.

아람코 영지에 들어갈 때는 출입증을 제시해도 차량에 탄 사람들을 일일이 신원조회 하고 아람코 내에 거주하는 사람들과 전화 확인을 거쳐야 통과할 수 있다. 그리고 정문을 통과했다 하더라도 컴파운드로 들어가는 문에서 다시 똑같은 확인 절차를 거치는데, 하루에 몇 번을 가도 같은 검문 과정을 한다.

　　아람코에 들어가 보니 그곳은 사우디가 아니었다. 짧은 반바지에 민소매 티셔츠를 입은 여성들이 잘 정리된 거리에서 조깅을 하고 있었다. 사우디는 아직 여자가 운전하는 것을 허락하지 않는데도 이곳에는 여성 운전자가 자주 눈에 띄었다. 또한 바bar 겸용 식당이 있고, 태권도 학원과 미국인 학교가 있었다. 병원과 골프장이 있고 비슷한 모양의 집들이 모여 있는 곳도 있었다.

　　한 마디로 사우디의 전통이나 관습과는 상관없이 살 수 있는, 사우디 안에 있는 또 다른 나라였다. 어쩌면 앞으로 변해 갈 사우디의 모델하우스 같은 도시일지도 모른단 생각이 얼핏 들었다. 자베르는 나에게 아람코의 이모저모를 소개해 주면서 진취적인 젊은 사업가답게 은근히 자랑스러워하는 눈치였다.

오만의 살랄라 주청사 설계 프로젝트

압둘아지즈의 동업자인 아와드는 내게 그렇게 자주 한국과 오만을 드나드는 게 보통 일이냐며 아예 오만에 사무실을 내라고 성화였다. 그는 살랄라 주지사의 기술 고문이면서 개인 사업을 하고 있었다. 한국과는 다르게 오만은 공무원이나 왕족도 명함이 여러 개였다. 동시에 여러 가지 직업을 가지고 있다는 뜻이다. 오만에서는 그런 게 아무 문제가 되지 않고 오히려 자신의 능력을 나타낸다. 내가 만났던 상공회의소 소장은 호텔 주인이기도 했다.

그러던 어느 날, 아와드가 살랄라에서 주청사 건물을 새로 지으려고 하니 한국의 설계 회사를 입찰에 참여하게 해 달라고 부탁했다. 쉬운 일이 아니었다. 아무리 잘나가는 설계 회사라 해도 중동의 건축 문화를 제대로 이해하고 있을 리가 없고, 주청사면 그리 큰 규모도 아니었다. 게다가 중동은 무엇이든 오래 기다려야 성사가 되는 곳인데 한국에 이 모든 것을 감당할 설계 회사가 있을지 자신이 없었다.

어쨌든 몇몇 이름이 알려진 설계 회사를 직접 찾아다니면서 일단 내 소개를 하고 추진하려는 일에 대해 설명했다. 그런데 의외로 모두 반응이 좋았다. 그들의 공통된 의견은 이제 한국 시장이 거의 바닥이라서 해외 시장을 개척해야 하는데 중동은 그나마 남아 있는 황금알에 속한다는 것이었다. 그런데도 선뜻 나서지 못하는 것은 문화 차이 등으로 접근하기가 너무 어렵기 때문이라고 했다. 어떤 설계 회사는 두바이에 지사를 낸 지 몇 년이 지났지만 아직 한 건도 계약을 성사시키지 못했다고 한다.

사회 전반적인 분위기가 지속적으로 변하고 있긴 하지만 그래도 아직까지 중동은 상당히 폐쇄적인 부분이 많았다. 단순히 아랍어로 소통을 할 수 있다는 것만으로는 사업적으로 접근하기가 어려운 나라다.

사업이나 업무 관계로 누구를 만나든 그들이 가장 중요하게 여기는 것은 직접적인 대인관계다. 때문에 상대방이 갖고 온 기업의 이미지보다 먼저 지금 만나고 있는 사람이 어떠냐에 따라 계약의 성사 여부가 결정되기도 한다. 물론 기본적으로 사업에 관한 사전 정보를 어느 정도 알고 있었을 것이다. 하지만 비슷한 조건을 가진 여러 회사들과 접촉한다고 가정할 때, 계약 조건보다 만나고 있는 상대의 태도나 신뢰감에 더 비중을 두고 결정하는 경우가 많다. 사정이 이렇다 보니 예전에 사우디 왕실에서 일했던 내 경험이나 인맥이 일을 추진하는 데 큰 도움이 되었던 것도 사실이다.

또한 종교가 곧 생활인 나라이기 때문에 사업을 할 때도 이런 부분에 대한 이해와 지식이 없으면 접근하기가 쉽지 않다. 만약 한국의 회사에서 사우디 정부가 추진하는 어떤 프로젝트를 따냈을 경우, 아무리 큰 회사라 해도 세부적으로 일을 나눠서 하청을 줄 수밖에 없다. 그러나 사우디에서는 이런 하청 업체들도 개별적으로 사우디에 업체 등록을 하고 허가를 받아야 한다. 알다시피 그들은 세계의 그 어떤 나라보다도 독특하고 폐쇄적인 문화와 전통을 가지고 있다. 때문에 실제 그들의 생활이나 종교를 체험해 보지 못하고 이론적으로만 알고 있다면 아랍어를 잘한다고 해도 쉽게 접근하기가 어려울 것이다. 무엇보다도 중요한 것은 기다릴 줄 아는 인내다. 그러니 단시일 내에 한몫 잡아 보겠다는 생각을 가진다면 분야를 막론하고 중동 시장 진출에 큰 걸림돌이 될 것이다.

일단 한국의 여러 설계 회사 중에 M을 선택해서 입찰 준비를 했다. 설계를 하려면 먼저 중동의 건축 문화나 양식을 제대로 이해해야 하기 때문에 우리는 살랄라의 구석구석을 돌아다니며 사진을 찍고 몇 번씩 다시 돌려 보며 분석했다.

일이 진행되는 동안 나는 오만의 살랄라 주지사 측과 한국의 설계 회사에 동시에 따로따로 컨설턴트 역할을 해야 했다. 2006년 독일 월드컵 축구 경기를 대부분 오만에서 시청했을 정도로 출장이 잦았다.

일에 지쳐서 설계 회사 직원들과 "오만 고만~ 살랄라 울랄라"라고 우리끼리 구호를 만들어 외치고 있던 어느 날, M은 한국의 설계 회사로는 처음으로 중동의 설계 프로젝트인 오만의 살랄라 주청사 건물 설계를 따냈다.

오만의 살랄라 주청사에서 새로 부임한 압둘라 주지사와 M 설계 회사가 상호 계약을 하던 날, 나는 증인 자격으로 참석해 계약서의 증인

란에 사인을 해야 했다. 나름대로 역사적인 순간이니 멋지게 사인을 해야겠다고 농담하면서 펜을 들었는데 갑자기 오른팔이 이상했다.

팔에 힘이 안 들어가고 손도 자연스럽게 움직여지지 않았다. 하지만 다른 사람들의 기쁨의 순간을 망치기 싫어서 꾹 참으며 억지로 사인하고 보니 이건 내가 봐도 대여섯 살짜리 필체였다. 옆에 서 있던 M의 김 이사께서 "앞으로는 도장 찍으세요"라며 웃고, 오만 측 사람들도 이게 한국 글씨냐며 재미있어 했다. 나는 겉으로는 웃는 표정이면서도 가슴이 서늘해졌다.

뇌졸중의 전조인가?

어느 날, 5급 장애인이 되다

한국으로 돌아오자마자 한의원을 찾아가 침을 맞고 약도 지어 먹었다. 그런데도 크게 차도가 없자 한의사는 병원에 가서 목 엑스레이를 찍어 보라고 권했다. 병원에서 내 엑스레이 사진을 본 의사는 도대체 이런 상태로 어떻게 생활하고 있냐면서 당장 수술해야 한다고 말했다. 겁은 났지만 무슨 글씨 한 번 제대로 못 썼다고 수술하라나 싶어서 지금은 일해야 하니까 나중에 하겠다고 했다.

사실은 내가 수술을 받아야 하는 상태라는 것을 인정하고 싶지 않았다. 그 정도일 거라고는 감도 못 잡고 있다가 갑자기 한순간에 입원 환자가 되기는 싫었다.

평소에도 만약 병이 나면 마음 편하게 아픈 몸을 맡길 사람도 없으니 내가 알아서 아프지 말아야 한다고 생각하며 나름대로 건강관리에 꽤 신경을 쓰는 편이었다.

늘 현미밥을 지어 먹고, 육식과 과식을 피했다. 회식이 있는 자리에 서도 술을 멀리했다. 이사해야 할 때도 가까이에 날마다 산책할 수 있는 공원이 있는 것을 첫째 조건으로 꼽았다. 더구나 잔병치레도 별로 없었고 움직이는 양에 비하면 피곤도 그리 타지 않았다. 피곤해도 금방 회복이 되는 편이라 건강에 대해서만큼은 크게 걱정하지 않았다.

그런데 수술을 미루고 오만을 계속 왔다 갔다 하는 동안 몸이 점점 더 이상해지는 기미가 느껴졌다. 하지만 그 낌새라는 게 한 번에 확신이 들 만큼의 변화는 아니었다. 거의 모르고 있다가 한 2, 3개월쯤 지나 내 몸이 뭔가 좀 수상하고 예전 같지 않다는 느낌이 드는 정도였다.

예를 들면 아침에 출근 준비를 하느라 화장을 하는데 오른손이 미세하게 떨려서 그리던 눈썹을 몇 번이나 고쳤다. 그러면서도 '어제 뭔가 무거운 걸 들었나?'라고 가볍게 지나갔다. 걸을 때 자주 오른쪽 발을 약하게 접질리고, 오른쪽 구두 굽이 유난히 닳아도 '내 걸음걸이가 이상한가?' 하며 넘어갔다. 더구나 이런 현상이 나타날 때마다 특정 부위가 신경 쓰이게 아픈 것도 아니었다. 나는 운동 부족일 거란 자가진단을 내리고는 퇴근 후에 한강변을 6km 정도 걸었다. 하지만 심각하게 생각하지 않으면서도 중동으로 출장을 갈 때 우황청심환을 꼭 챙긴 걸 보면 뭔가 불길한 예감 같은 게 있었던 모양이다.

이런 상태로 그럭저럭 1년이 지났는데 특히 걸을 때마다 오른쪽 다리가 점점 더 불편해졌다. 걸음을 옮길 때면 오른발과 왼발에 같은 힘이 들어가고 보폭도 일정해야 하는데 오른쪽 발이 현저하게 끌렸다. 그래서 일부러 흙길을 찾아가서 걸은 후 뒤돌아봤더니 오른쪽에만 질질 끌린 자국이 길 위에 남아 있었다. 가슴이 철렁했다. 그때서야 요즘 들어 나도 모르게 자꾸 왼손으로만 모든 일을 해결하려 했다는 것을 깨달았다. 오른손잡이면서도 누가 물건을 주면 왼손이 먼저 나갔다.

어느 날, 직원들과 점심을 먹으러 가서 회덮밥을 시켰는데 밥을 제대로 비빌 수가 없었다. 손에 힘이 들어가지도 않고 밥을 비비는 단순한 행동이 그렇게 힘들고 부자연스러울 수가 없었다. 하지만 내 몸이 이상하다는 것을 직원들에게 들키고 싶지 않아 옆에 앉은 여직원에게 밥 좀 비벼 달라고, 그러면 더 맛있을 것 같다고 장난스럽게 부탁했다.

남이 비벼 준 밥을 먹으면서 그제야 사과 껍질을 깎을 때 유난히 잘 깎지 못했던 일 등, 큰 실수나 변화는 아니지만 생활 속에서 소소하게 느꼈던 불편들이 갑자기 빠른 속도로 불안으로 변했다. 결정적으로 가슴이 철렁했던 것은 2년 전에 엑스레이 결과를 말해 주며 빨리 수술하자고 했던 의사가 떠올랐기 때문이다.

며칠 후, 평소에 가깝게 지내던 한의사 내외가 있는 경희 한방 의료원에 가서 다시 목 엑스레이를 찍고 MRI 검사를 했다. 검사 결과는 '경추 척수증'이었다.

의사는 내게 평소에 머리에 무거운 짐을 많이 올리는 일을 하냐고 물었다. 그리고 이상하다는 듯이, 이런 증세는 대체로 평생 짐을 이고 다니거나 대형 사고를 당한 사람들에게만 나타나는 현상이라고 했다.

나는 목보다 다리가 더 불편했기 때문에 의사에게 목 디스크가 다리에도 영향을 줄 수 있는지 물었다. 의사는 그럴 수도 있다면서 혹시 모르니까 다시 허리 MRI를 찍자고 했다. 검사 결과는 허리에도 약간 디스크 증세가 있긴 하지만 다리에 지장을 줄 정도는 아니라고 나왔다. 그런데 내 다리는 왜 이런 거지?

골다공증 검사도 이상이 없었다. 결국 최종 진단은 목뼈의 3번에서 6번까지가 내려앉아서 뼈와 뼈 사이의 신경이 많이 눌려 있는, 말하자면 퇴행성 목 디스크라고 했다.

"빨리 수술하셔야 합니다. 그래야 더 진행되는 것을 막을 수 있습니다. 그냥 놔두면 점점 더 심해질 거예요."

의사는 간단한 수술이라고 설명했다. 수술만 하면 다 좋아진다면서 아마 골프도 칠 수 있을 거라고 했다. 그 얘기를 들으니 얼마나 다행인가 싶어서 벌써 다 나은 것 같았다. 하지만 주위 사람들은 수술을 말렸다. 목이나 허리 디스크 수술은 함부로 하는 게 아니라는 것이다. 수술실에 걸어서 들어갔다가 휠체어를 타고 나오는 사람도 숱하게 봤다며, 열에 아홉은 반대를 했다. 지인들의 걱정을 들으니 갑자기 두려웠다. 언젠가 지하철 벽에서 봤던 '목 디스크와 허리 디스크, 비 수술로 치료' 같은 광고 문구들이 떠올랐다. 평소에는 '수술도 안 하고 어떻게 저런 병을 고친다는 거야? 말도 안 돼'라고 생각했는데 막상 내가 그 대상이 되니까 정말 지푸라기라도 잡고 싶은 심정이었다.

그래서 일단 수술은 미루고, 침을 맞고 물리치료를 받았다. 오른쪽 팔 다리에 봉침도 맞았다. 봉침을 맞고 온 날은 온몸이 가려워서 잠도 못 자고 파스를 발라가며 밤을 새워야 했다. 하지만 이렇게 6개월이나 한방 치료를 받았는데도 별 효과가 없었다. 그제야 침으로 목 근육을 강화시킨다고 내려앉은 뼈가 다시 올라가겠나 싶어 수술을 하기로 결정했다.

일주일 정도의 차이를 두고 두 번의 수술 날짜가 잡혔다. 퇴원할 때 입을 옷과 소형 미니 라디오, 세면도구를 가방에 넣고 수술 전날 입원

했다. 입원 수속을 하는데 수술에 동의할 보호자 사인이 필요하다고 해서 그제야 돈암동에 사는 정애 언니에게 전화로 알리고 빨리 와 달라고 부탁했다.

입원해서 환자 옷으로 갈아입고 나니 이발을 해야 한다고 했다. 이발사는 간호사실 뒤에 있는 빈방에서 내 뒷머리의 절반 이상을 밀었다. 안경테가 걸리는 귓바퀴 부분까지 머리칼을 싹 밀고 정수리 부분에 남아 있는 머리는 상투처럼 묶어서 졸지에 상투 튼 여자가 되어버렸다.

거울 앞에서 순식간에 변해버린 내 모습이 너무 낯설어 점점 더 두려워졌다. 그동안 아파서 병원을 드나들었던 적은 몇 번 안 된다. 어쩔수 없는 상황이 아니면 병원 가는 걸 지독히 싫어해서 이 나이가 되도록 아직까지 유방암, 자궁암 검사도 받아본 적이 없었다. 그런데 하필이면 많은 사람들이 말리는 목 디스크 수술을 해야 하다니……. 하지만 두려움을 감추고 거울 속의 나에게 말을 붙였다.

괜찮아. 수술만 끝나면 끊어졌던 전선줄이 이어지면서 다시 불이 들어오듯 내 몸도 정상으로 돌아올 거야. 이제 수술만 하면 돼!

"수술 다 끝났습니다."

그 순간에 마취가 깼는지 누군가의 목소리가 아주 또렷하게 들렸다. 내가 받은 수술은 제3-6경추 간 후궁 성형술이었다. 그리고 일주일 뒤에 두 번째로 제5-7경추 간 전방 감압술 및 유합술을 받았다. 두 번째 수술은 목 앞쪽을 절개해 수술한 후 그 부위에 골반에서 긁어낸 뼛가루를 바르는 것이었다. 그래야 내 뼈처럼 단단하게 아문다고 했다.

두 번째 수술 후의 생활은 첫 수술 때보다 더 힘들었다. 잠을 잘 때도 앉아서 자고, 모든 음식은 차게 먹으라고 해서 밥과 국까지도 차게 먹어야 했다.

"좀 어떠세요? 괜찮으시죠? 점점 더 좋아질 겁니다. 자, 그럼 '만세~' 한번 해보세요."

"갑자기 만세는 왜……."

"목 수술 후에 만세가 안 되는 사람들이 더러 있어서요."

나는 속없이 웃으며 회진 온 의사가 시키는 대로 만세를 했다. 혹시라도 수술 후에 만세가 안 되는 사람 중에 내가 포함될까 봐 힘껏 만세를 부르는데 명치끝이 울컥했다.

수술만 하면 거짓말처럼 모든 것들이 정상으로 돌아올 거라고 믿었는데, 수술 후에 전보다 나아진 거라곤 오른손으로 밥 먹는 일이 조금 쉬워진 것뿐이었다. 다리는 예전과 마찬가지였다. 수술에 대한 기대를 많이 했던 만큼 실망도 컸다.

그나마 오만에서 걸려 오는 위문 전화로 가끔 기분 전환이 되었다. 그들은 병원비에 보태라며 스피드 뱅킹으로 돈을 보내 주기도 하고, 피가 필요하면 혈액형에 상관없이 우리들 피를 무조건 모아서 보내겠다는 농담으로 나를 즐겁게 했다.

두 번째 수술이 끝나고도 약 3주 정도를 더 병원에 입원해 있었다. 빨리 나아야겠다는 결심으로 혼자 링거를 끌면서 병원 복도를 열심히 걸었다. 오른쪽 발에 힘이 들어가지 않는 것은 수술 전이나 별 차이 없었다. 담당 의사는 수술하고 좋아지는 증세가 50% 정도에 해당하고 나머지는 앞으로 시간을 두고 하나씩 돌아올 거라고 말했다. 하지만 나는 어쩐지 점점 더 그 말이 믿어지지가 않았다.

퇴원을 일주일쯤 남겨 두고, 전에 알던 어느 밸브 회사의 전무로부터 전화가 왔다.

"저…… 두산 중공업이 사우디의 쿠라야 발전소 프로젝트를 시작해서 우리 회사도 사우디 전력청에 등록을 해야 합니다. 급한 상황인데 지금 어디에 계세요? 한국에 계시나요?"

전화를 끊고 멍하니 창밖을 내다보며 앉아 있었다. 앞이 환히 보이는 길을 걸어온 것은 아니지만 갑자기 길눈이 어두운데 낯선 길에 뚝 떨어진 기분이었다. 내 삶이 또 어디로 가려고 지금 여기에 이렇게 주저앉아 있는 걸까. 수술 후, 시간이 지나도 별다른 차도가 보이지 않자 몸보다 마음이 더 허둥대고 있었다. 내게는 '5급 장애인'이라는 새로운 신분증이 생겼다.

퇴원, 다시 비행기를 탔지만⋯⋯

　퇴원을 하고 나서야 왜 그렇게 많은 사람들이 목 디스크 수술을 못 하게 했는지 알 것 같았다. 약간 부드러워진 오른손을 얻기 위해서 빼앗긴 것이 너무 많았기 때문이다. 마치 뒷목에다 몇 겹의 철판을 대고 정수리에 대못을 쾅쾅 박아서 몸의 중심을 간신히 잡아 놓은 기분이었다. 음식을 먹을 때도 군기가 꽉 잡힌 군인처럼 입 높이까지 숟가락을 올린 후 입안에 넣어야 했다. 또 목의 앞부분을 수술할 때 목뼈 사이를 넓히느라 수술 부위 반대쪽 팔을 얼마나 잡아 늘리며 판에 묶어 놨는지, 화장실에서 팔을 돌려 물을 내릴 수가 없을 정도였다.
　하지만 몸이 아프고 불편한 것보다 더 견디기 힘들었던 것은 외로움이었다. 건강할 때 가끔 느끼던 독신의 외로움과는 전혀 다른 외로움이 자주 나를 흔들었다. 오장육부가 다 뒤집히도록 엄마를 부르며 우는 날이 많아졌다. 그러던 어느 날 택배를 받았다.

병실에서 옆 침대에 있던, 여주에서 기사식당을 한다고 한 분이 보내 온 소포였다. 함께 병원에 있는 동안 나는 그녀를 언니라고 불렀다. 그녀가 보낸 소포를 열자 그 안에는 잘 익은 김장 김치와 손수 빚은 김치만두, 고기만두가 들어 있었다.

내용물을 확인하는 순간 눈물이 핑 돌았다. 그동안 너무나 필요했으면서도 내색하지 못했던, 나만을 위한 따뜻한 배려와 정성을 느꼈기 때문이다. 여주에서 보내 준 김치와 만두를 아껴 먹는 동안 길고, 깊고, 추웠던 겨울이 느릿느릿 지나가고 있었다.

퇴원하면서부터는 계속 목 보호대를 사용했다. 앞뒤가 분리된 2개의 목 보호대를 서로 맞물려서 붙이듯이 착용하는데, 그것을 한 채 밥을 먹고, 책을 읽고, 산책을 했다. 남들이 쳐다보거나 말거나 전혀 상관하지 않았다. 그저 빨리 나아야 한다는 일념으로 사람 많은 공원 길도 아랑곳없이 목 보호대를 하고 다리를 질질 끌며 날마다 걸었다.

퇴원한 지 3개월 후, 주치의가 이제 목 보호대는 착용하지 않아도 된다고 해서 다시 일을 시작했다. 그리고 꽤 오래 미뤘던 일을 처리하기 위해 사우디로 가는 비행기를 탔다. 하지만 불안해서 목 보호대를 손가방에 넣고 비행기에 오른 후, 좌석에 앉자마자 다시 보호대를 꺼내서 착용했다. 무슨 일이냐며 놀라는 승무원들에게 수술 환자라는 설명을 해 주면서.

어쨌든 수술 후에 표면적으로는 정상적인 생활로 돌아간 셈이었다. 시한폭탄 같은 위험 요소가 숨어 있는 줄도 모르고 그저 시간만 지나면 점점 나아질 거라고 믿었다. 그것마저 의심할 수는 없었다. 그것은 희망이었으므로.

그래서 다시 날 기다리고 있는 곳을 찾아나서고, 부르는 곳이 있으면 바로 달려갔다. 예전처럼 자주는 아니었지만 수술 후 1년 동안 사우디와 오만행 비행기를 네 번이나 탔다. 또다시 집 밖에서 보내는 시간이 길어졌지만 건강을 위해서 나름대로 정해 놓은 규칙이 있었다. 어디에 있든 하루 1시간 걷기 운동만이라도 꾸준히 하겠다는 것인데, 사우디에 있는 동안은 그것조차도 쉽지가 않았다.

밖이 너무나 더운데다 사우디에서는 아직도 여자 혼자 길을 걸어 다닐 수가 없었기 때문이다. 궁리 끝에 날마다 객실 복도를 1시간씩 걸었다. 그것을 본 호텔 측에서 식당 위의 옥상이 비어 있고 안전하니 밤에 이용하라며 배려해 주었다.

혼자 사는 사람이 출장까지 잦다 보니 호텔이 내 집 같고, 호텔 직원들이 식구 같을 때가 많았다. 정작 서울의 내 집에는 피곤한 몸을 끌고 와도 반갑게 인사하거나 따뜻한 밥 한 끼 마련해 주는 사람이 없는데, 호텔에서는 입구의 도어맨부터 잘 다녀왔냐고 인사하고 프런트에서도 다정하게 맞아 주었다. 게다가 식당에 내려가면 힘들게 일하는데 많이 먹으라며 특별 요리를 권해 주기도 했다. 더러 이게 참 뭐하는 생활인가 싶다가도 어차피 이것이 지금의 내 삶이었다. 그래서 아무리 직업적인 것이라 해도 따뜻하게 맞아 주는 그들이 있어 고마웠다.

나를 옥상에서 걷도록 해 주었던 그 호텔의 식당은 매주 금요일이면 특별 메뉴로 비둘기 요리를 했다. 나는 그 식당을 찾아오는 비즈니스 손님 중에서 유일한 여자였다. 식당 지배인은 내가 일할 때 먹을 것도 제대로 챙기지 못하고 정신없이 하는 것을 알고 있었다. 그러던 어느 날, 내게 그렇게 일을 많이 하려면 꼭 먹어야 하는 음식이 있다면서 비둘기 요리를 권했다. 삼계탕 비슷한 것도 있고 찜처럼 요리한 것도 있었다.

처음에는 어떻게 비둘기를 먹느냐고 뺐는데 지배인이 하도 권해서 맛을 보았다. 야들야들하고 담백한 맛이 너무 좋았다. 결국 나는 두 마리를 먹고야 말았다. 내가 먹는 모습을 지켜보던 지배인은 거 보라는 듯 자신감에 가득 차 있었다. 내가 지배인에게 "너 꼭 우리 엄마 같다"고 했더니 아주 흡족한 표정으로 크게 웃었다.

힘든 출장길에 이런 기쁨이 있어서 그나마 견디기가 수월했지만 출장이 잦아지고 중동에서 머무는 시간이 길어질수록 몸이 점점 이상해지는 것을 느낄 수 있었다. 회복이 더딜 뿐만 아니라 어느 날에는 오히려 더 심해진 것 같았다. 고만고만했던 팔도 점점 불편해져 때로는 박수를 치기도 힘들었다. 늘 운동화를 신었고 구두는 가방에 넣고 다니다가 회의에 참석할 때만 잠깐씩 꺼내 신었다.

그러던 어느 날부터는 그나마 한쪽 발이 살짝 끌리는 듯해도 그런대로 티를 안 내며 걸을 수 있었던 다리가 아예 정상적인 보폭을 유지하거나 일반적인 자세로는 걷지 못할 정도로 이상해졌다. 일단 걷다가 방향을 바꾸기도 힘들었고, 정상적인 속도로 걷는 일이 불가능해졌다. 그러면서 오히려 조깅을 하듯 뛰는 것이 더 쉬운 이상한 증세가 시작되었다. 그런데 또 그렇게 뛰다가 멈추는 일이 마음대로 되지 않아서 무언가에 지탱하거나 갑자기 쓰러지듯 상체를 숙이며 멈춰야 했다. 내 꼴이 기가 막혔다.

몸이 편하지 못하니 당연히 마음도 우울했고 혼자 우는 날이 많아졌다. 삶의 근원적인 것들이 송두리째 흔들리자 결국 남는 건 가장 단순한 것들이었다. 한 공간 안에서 기본적인 의식주를 함께 나누고 별 것 없는 말이라도 따뜻한 음성으로 주고받는 사람이 그리웠다. 그리고 콘크리트 벽으로 막힌 도시의 한 구석이 아니라 문을 열면 자연을 만날 수 있는 그런 곳이 사무치도록 그리웠다. 나는 살던 오피스텔을 내놓고 짐 정리를 하기 시작했다.

터닝 포인트

지난 1, 2년 동안 한 번도 입지 않았던 옷들과, 구두도 가장 아끼던 한 켤레만 남기고 모두 헌 옷 수거함에 넣었다. 쓰던 가구들도 거의 다 처분했다. 그리고 백두대간의 한 골짜기인 삽당령에서 펜션을 하는 셋째 언니 집으로 내려갔다.

맑은 바람, 깨끗한 물, 청정한 숲, 별이 가득한 밤하늘, 푸른 새벽 공기……. 내가 갈 수 있는 데 중에서 이보다 더 좋은 곳은 없을 것 같은 자연에, 언니의 정성과 수고로 마당 가득 철따라 피어나는 꽃들과 싱싱한 푸성귀가 넘쳐 났다. 그러나 처음에는 이 귀하고 좋은 것들을 몸과 마음으로 온전하게 받아들이지 못했다. 그 무엇으로도 위안이 되지 못하는 절망의 밑바닥에 주저앉아 있었기 때문이다.

하지만 문을 열고 한 발만 내딛어도 늘 변함없이 기다려 주는 자연 속에서 몸은 조금씩 회복되었고, 눈에 보이는 경치만이 아닌 자연의 기운으로 상처 입고 쓰러졌던 마음에도 포슬하고 맑은 기운이 돌기 시작했다.

아무 생각도 없는 바보처럼 일부러라도 농담을 하고 낄낄거리며 웃었다. 그러고 보니 너무나 오랫동안 꼭 해야 하는 말만 가려 하며 살았다는 걸 깨달았다. 나는 마치 그런 말들이 나를 병들게 하기라도 한 것처럼 내 생각과 말투에게 무장해제를 명령했다. 집들이 꽤 떨어져 있어 그리 많지 않은 동네의 이웃들과도 친해지면서 마치 배가 불러 허리띠를 풀러 놓듯 느슨한 대화 속에 많이 웃었다. 수다 테라피, 웃음 테라피라는 단어가 저절로 떠올랐다.

언니가 바쁘지 않으면 언니의 차로 내려갈 때도 있지만 강릉 시내에 볼일이 있으면 2시간에 한 번씩 오는 501번 버스를 탄다. 그 버스의 기사님들은 동네 어른들이 타실 때마다 일일이 손을 잡고 고개 숙여 안부를 묻는다. 그리고 빈자리에 가서 앉으실 때까지 기다렸다가 출발한다.

버스 안은 마치 동네 사랑방 같고, 반상회 모임 같았다. 신문을 읽거나 뉴스를 듣지 않아도 버스 타고 가는 동안 세상 소식, 동네 소식을 다 들을 수 있었다. 이제는 기사님들의 친절이 나한테까지 영향을 끼쳐서 버스 정류장이 아닌 언니네 펜션 앞에서도 몸이 불편한 나를 위해 서 주신다. 경사가 심한 언덕길이라서 올라가다 갑자기 멈춘 시내버스는 다시 올라가려면 어렵게 힘을 써야 한다. 하지만 기사님들은 불평은커녕 미리 알아서 차를 세워 주시고 조심해서 가라는 인사까지 하신다.

나중에 어느 기사분이 말씀하시길 내가 그분들의 블랙리스트에 올라 있는 사람이라고 해서 죄송하면서도 참지 못하고 한참을 웃었다. 계속 달려도 간신히 올라갈 고갯길을 나 한 사람 때문에 멈췄다가 다시 출발하면 운전하기가 너무 힘들어서 붙여진 별명이라고 했다. 그래도 단 한 번도 정류장이 아니니 설 수 없다고 하시는 분은 없었다.

작년 여름에 내려왔으니 이곳에서 1년 사계절을 모두 산 셈이다. 봄이면 나물이 지천이고 여름에는 감자, 옥수수에, 텃밭에는 오이, 호박, 토마토, 풋고추가 넘친다. 가을에는 또 병풍처럼 둘러치는 단풍이 황홀했다. 눈이 많이 내리는 겨울이면 언니와 형부는 눈을 치우느라 힘들었지만 나는 동화 속 같은 풍경을 그저 즐기면 되었다. 집집마다 조금씩 맛이 다른 만두를 나눠 먹고 더러 아예 눈 속에 갇히기도 하는 생활이 그지없이 순하게 흘러 주었다. 억지 부리지 않고, 고집 쓰지 않고 그야말로 '자연스럽게' 흘러가는 평범한 일상이 엎어졌던 나를 천천히 일으켜 세워 주었다.

여전히 걸음은 어눌하고, 자주 누워서 머리와 목을 쉬게 해 주어야 한다. 하지만 철판을 덧댄 것처럼 뒷목이 무거워서 자꾸 앞으로 쏠리던 머리가 조금씩 튼튼해져 이제는 똑바로 세워진다. 그러나 지나고 나서야 그 '조금씩'이 얼마나 많은 변화를 가져왔는지 알아챘을 뿐, 막상 지나올 때는 속도가 너무 느려서 회복되고 있다는 걸 믿을 수 없어 절망하는 날이 많았다. 여러 번, 자살도 생각했다. 하지만 그럴 때마다 어디선가 내 몸이 외치는 소리가 들렸다.

우리는 지금 잃어버린 것들을 찾기 위해 매 순간 죽을힘을 다하고 있는데 당신은 스스로 삶을 포기할 생각을 하나요?

절망 뒤에 숨어 있다가 기다렸다는 듯 나타나 내 나약함을 나무라는 이런 내면의 소리들이 바로 인간이 지닌 자연 치유력일 것이다. 철없이 몸을 정신의 아래에 두고 정신적인 것만이 가장 가치 있고 고상한 것이라 생각하던 시절이 있었다. 하지만 몸이 협응하지 않는 정신이란 얼마나 나약한 것인지! 그동안 정신이 잘난 척을 하도록 내 몸이 얼마나 희생하며 무언의 동의를 해 주었는지 눈물겹도록 깨닫는다.

맨 처음 이상 징후가 나타난 때부터 그것을 방관하다 결국 수술까지 가는 데 5년이나 걸렸다. 세상의 모든 일이 다 그렇듯이 잘못된 것을 한 방에 바로잡을 수는 없다는 것을 깨달았다. 그래서 내 몸도 다시 회복하기 위해서는 망가짐을 방치했던 그만큼의 시간이 필요하다는 것을 무릎을 꿇는 심정으로 받아들이고 있다.

1년에 열 번쯤 비행기를 타던 생활이 가끔 시내버스를 타고 강릉으로 내려가는 외출이 고작인 강원도 산골의 은둔 생활로 바뀌고 나니, 처음에는 세상에서 쫓겨난 것처럼 우울하고 절망스러웠다. 하지만 지금은 그 자연 속의 은둔 생활이 주는 기운 덕분에 바닥으로 떨어졌던 몸과 마음이 제자리를 찾아가고 있다.

어쩌면 내가 그토록 크게 한 방 맞았던 것은, 그동안 나 자신이나 주변을 돌아보지 않고 오로지 앞만 보고 내달렸던 내게 주시는 신의 경고일지 모른다. 하지만 끝내 나를 포기하지 않고 다시 일어서게 하시리란 것도 의심치 않는다. 어쩌면 이 병이 날 위해 숨겨 두고 있는 것은 내 인생의 터닝 포인트일지도 모른단 생각이 자주 드는 요즘이다.

내 몸을 내 마음대로 움직일 수 없어서 지나가던 사람들의 측은한 눈길을 고스란히 받을 때마다, 속칭 잘나가던 때의 내 자만을 반성하며 눈물겹던 적이 많았다. 아직도 나는 날마다 느린 걸음으로 산책을 하고, 소박하지만 건강한 음식을 먹고, 앞으로만 내빼던 마음도 좀 주저앉힌다. 일부러라도 더 많이 웃는다. 삶을 바라보는 일도 허술한 내 걸음과 속도를 맞추라고 내게 끊임없이 신호를 보낸다. 지금은 이렇게 살아야 할 때라는 것을 알기 때문이다.

요새도 가끔 일에 관한 전화를 받는다. 그동안 모든 것을 등 뒤에 던져 놓고 애써 잊으려 했는데 이제 다시 조금씩 끌어당겨 안으려 한다. 아직은 내가 잘할 수 있는 일이 있고, 나를 필요로 하는 사람들이 있다는 것이 새로운 의욕이 된다.

물론 지리적으로 가까워서기도 하겠지만 현재의 중동은 거의 유럽 판이다. 사우디, 오만, 쿠웨이트, 두바이 등의 좋은 프로젝트를 유럽인들이 거의 독식하고 있다. 하지만 내가 아는 많은 한국인들이 중동은 어떤 일을 새롭게 시도하기엔 너무 어려운 곳이라고 생각한다. 그런데 지금 중동 사람들은 한국을 기다리고 있다. 그들은 아직도 잊지 않고 있다. 1970~80년대에 중동에서 보여 준 성실하고, 책임감 있고, 머리 좋고, 솜씨 좋았던 한국인들을.

그들은 말한다. 옛날에 한국 사람들과 2년짜리 공사 계약을 하면 1년 반 만에 공사를 마치고 돌아갔는데 그렇게 가고 난 후에는 다시 안 온다고. 우리는 그런 성실함과 책임감을 가진 사람들과 일하고 싶은데 왜 다시 오지 않는지 모르겠다고.

중동은 여전히 기후 조건이 나쁘고, 모든 일이 오래 기다려야만 결과를 볼 수 있는 쉽지 않은 곳이다. 하지만 예전의 중동이 돈은 많지만 일이 별로 없는 곳이었다면, 지금의 중동은 돈뿐만 아니라 일도 예전보다 훨씬 더 많다. 중동의 오랜 친구나 사업 파트너들과 얘기를 나누다 보면 이런 현실이 너무나 분명하게 보인다.

행동이 어눌해지면서 경험한 정신의 순수에 감사한다. 최악이라고 생각한 순간에 찾아온 감사는 앞으로 내가 다시 만나게 될 삶의 굴곡마다 바른 이정표가 되어 줄 것이다. 아마 나는, 그리 멀지 않은 때에 다시 중동행 비행기에 오를 것이다. 그리고 다시 예전처럼 최선을 다해 일할 테지만 분명 전과는 달라진 모습으로 세상과 만나게 될 것이다.

또한 나는 늘 기억할 것이다.

절망으로 엎어져 목숨까지 부정하며 모든 것을 끝내고 싶었던 한때를 조용히 일으켜 세워 준 이 골짜기의 하늘과 나무와 물과 바람과 꽃들과, 그 속에 깃들어 계시던 신의 마음을.

행복의 풍경

그녀를 찾아간 다음 날 아침, 삽당령에는 사월의 눈이 내렸다.

"이모, 눈이 수평으로 내리는 건 처음 봐. 근데 저렇게 바람이 불고 눈이 쌓이는데도 풍경이 따스하네……. 이상하지?"

엊그제 캔 냉이와 순두부를 넣어 아침 국을 끓이던 큰이모는 작은 부엌 창으로 뒤꼍을 내다보며 중얼거렸다.

"눈이 꽤 많이 올 것 같네……."

아마 큰이모는 요즘 새순을 올릴까 말까 망설이고 있는 정원의 꽃들을 걱정하느라 사월의 눈을 향한 내 감탄사가 철없다고 생각하는 중일 것이다. 큰이모의 마음을 알면서도 연신 감탄할 수밖에 없을 만큼 눈 오는 아침 풍경은 아름다웠다. 어쩌면 다소 거센 눈보라가 포근한 풍경으로 다가오는 건, 큰이모가 끓이고 있는 냉잇국의 냄새 때문인지도 몰랐다. 그때 갑자기 그녀의 목소리가 들렸다.

"정말 눈이 옆으로 오네!"

돌아보니 그녀가 난간을 짚으며 조심스레 계단을 내려오고 있었다. 나는 환하게 웃으며 잘 잤느냐는 인사를 했다.

우리는 그녀를 '남표'라고 부르지만 그녀는 한때 '아이샤'로 불리기도 했다. 그녀는 나보다 다섯 살 많은 나의 넷째 이모다.

뭉근한 냉잇국 냄새가 창밖의 설경과 너무나 잘 어울리는 아침 식탁은, 내게는 7년 만의 향기와 맛이다. 그녀를 마지막으로 본 것은 15년 전, 내가 캐나다로 이민을 가기 직전이었다.

"어떡하면 좋아, 이모……."

그녀를 보자마자 한숨처럼 나온 내 걱정을 피식, 웃음으로 날리며 그녀는 말했다. 마치 남 얘기 하듯.

"그러게 말이야."

그녀는 남들 다 하는 평범한 걸음이 힘들어 새처럼 콩콩 뛰면서 산책을 하고, 브레이크가 고장 난 자동차처럼 멈춰야 할 곳에서 멈추지 못해 온몸을 다 쏟아가며 겨우 멈추고도 이제 막 걸음마 배우는 아가처럼 웃었다.

"많이 좋아졌어."

"뭐야, 지겹도록 비행기 타고 먼 나라 드나들더니 그래서 걷는 방법을 다 잊어버린 거야?"

순식간에 무너진 그녀의 몸이 정말 말도 안 되어서, 몸 따라 함께 쓰러졌을 그녀의 마음이 내 것처럼 짚어져서, 나는 자꾸 웃기지도 않는 농담으로 그녀를 웃기려 했고, 그런 농담에도 그녀는 매번 잘 웃었다.

내가 온다고 사 놓았다는 꾸덕하게 말린 바다 송어를 구워 먹고, 포슬하게 흙이 부풀기 시작하는 감자밭에 반나절쯤 엎어져 바람을 맞으며 냉이를 캤다. 발가락 사이에서 냉이 뿌리가 날 만큼 그 냉이를 끓여 먹고, 지져 먹고, 무쳐 먹다가, 물리면 수수부꾸미도 굽고, 갈무리해 둔 옥수수도 찌고, 초당 두부를 두툼하게 썰어 지져 아침으로 먹었다. 집 잘 지키는 마당의 발발이 몽이와 조이를 따라 산책을 하면서 우리는 참 많은 이야기를 했다.

나는 지난 세월을 두서없이 끊으며 내놓는 그녀의 얘기가 성에 차지 않았다. 그래서 그녀의 추억 위에 얹혀 있는 조심스러운 먼지를 짐짓 무심한 척 툭툭 털어내고 일기장과 메모지, 사진 등이 담긴 상자를 뒤졌다. 나는 가끔 그녀의 아픔도 꾸욱 눌러 보고, 오래되어도 바람이 빠지지 않는 풍선처럼 신기한 그녀의 기쁨과 그리움을 더 높이 띄워 올리기도 했다.

"이모, 다 털어 놔. 이모가 멋있고 근사한 얘기들만 할 때도 사람들은 이미 눈치채고 있었을 거야. 그 이야기들 밑에 깔려서 아파했던 마음들을. 남들이 다 짐작하고 있다는 걸 이모만 몰랐던 거지. 그걸 남에게 다 내보이고 담담해져야 건강도 다시 돌아올 거야."

나는 마치 유도심문을 하는 야비한 형사처럼, 혹은 꽤 유능한 척하는 심리 치료사처럼 그녀를 흔들었다. 그러고는 내가 흔들 때마다 끝내 버티지 못한 그녀가 떨어뜨리는 기억의 구슬들을 주워 내 여행 가방에 넣었다.

밴쿠버로 돌아온 나는 그동안 놓쳤던 잠을 모두 몰아서 이틀쯤 죽은 듯 자고 일어났다. 그리고 오랫동안 비워 두었던 책상 위에 그녀에

게서 빼돌린 추억과 상처의 구슬들을 좌르르 쏟아 놓으며 노트북을
켰다.

　그녀와 헤어지기 며칠 전, 초당에 갔었다. 허균과 허난설헌의 아버지
허엽의 호를 딴 마을 이름 초당. 내게는 그들보다 먼저 떠오르는 더운
김 오르던 두부 한 모의 기억이 푸근하다.
　좁은 길 따라 들어서니 오래 그립던 소나무 숲이 먼저 안겨 온다. 소
나무 뒤의 동해에게는 잠시만 눈짓하고 성근 소나무 숲에 든다. 거기
내 오래된 기억들이, 모진 해풍에도 다 지워지지 못하고 추억의 나이
를 먹고 있었다.
　"여기쯤인데……."
　한쪽 다리를 끌고 걸으며 중얼거리던 그녀가 나를 불렀다.
　"이 나무가 여기서 가장 잘생긴 나무였는데……. 죽어 가나 봐."
　"세월이 자꾸 가니까, 이모. 그래도 여전히 가장 멋있는걸. 병들고 죽
어 가는 것도 삶의 일부일 거야. 특히 이렇게 크고 잘난 나무는 죽는
데도 한참 걸리니까. 근데 애, 이모 나무야?"
　그녀가 웃었다.
　"자주 왔었지. 이 소나무를 바라보며 앉아 있으면 그냥 든든하고 기
분이 좋았어."
　우리는 잘 늙다가 더 잘 죽어 가고 있는 소나무에게 토닥토닥 애잔
한 안부를 묻고, 순한 빛깔의 토담을 따라 안으로 들었다. 허난설헌의
생가. 오래된 집이 품고 있는 겹겹의 햇살 속에 떠돌이 바람 같은 나를
잠시 맡기고 말을 아낀다.

내가 묶어 둔 세월 속에서 저만 훌쩍 커버린 소나무들

청정한 푸른 대나무와 반가운 오죽(烏竹)

곱게 비질한 흙 마당

뜰 안의 매화

하늘이 날 위해 푸르다며 반듯한 이마를 빛내는 기와집의 처마들

그리고 운 좋게 만난 공손한 차 대접, 올 첫 매화차.

모든 것이 너무나 따사로워 나는 목이 멘다.

돌아 나오는 길, 갈라진 토담과 겸손한 햇살에 기대 선 깊은 오죽이 서로를 불러내는 색감이 어찌나 안온한지 그 곁에 주저앉고 싶었다. 물기 많은 평화로움은 이렇게 사소하도록 익숙한 것으로부터 비롯된다는 것을 얼마나 오래 잊고 살았던 걸까.

비로소 눈에 보이는 대숲에 드는 바람 소리.

잘 말려진 바람이 반닫이 깊이 넣어 두었던 맑은 웃음을 꺼내 내게 입혀 준다.

오래도록, 움직일 때마다, 그 소리, 멈추질 않았다.

KI신서 4262

아이샤
꾸리

1판 1쇄 인쇄 2012년 9월 24일
1판 2쇄 발행 2013년 1월 2일

지은이 장미란
펴낸이 김영곤 **펴낸곳** (주)북이십일 21세기북스
부사장 임병주
MC기획1실장 김성수 **BC기획팀** 심지혜 장보라 양으녕 조유진
디자인 본문 네오북 **표지** 씨디자인
마케팅영업본부장 최창규 **영업** 이경희 정경원 정병철
마케팅 김현섭 민안기 강서영 최혜령 김해나 김다영 이은혜
출판등록 2000년 5월 6일 제10-1965호
주소 (우 413-756) 경기도 파주시 회동길 201(문발동)
대표전화 031-955-2100 **팩스** 031-955-2151
이메일 book21@book21.co.kr **홈페이지** www.book21.com
트위터 @21cbook **블로그** b.book21.com/book_21

© 장미란, 2012

ISBN 978-89-509-4019-5 03810
책값은 뒤표지에 있습니다.